叶倾城 著

恋物者言

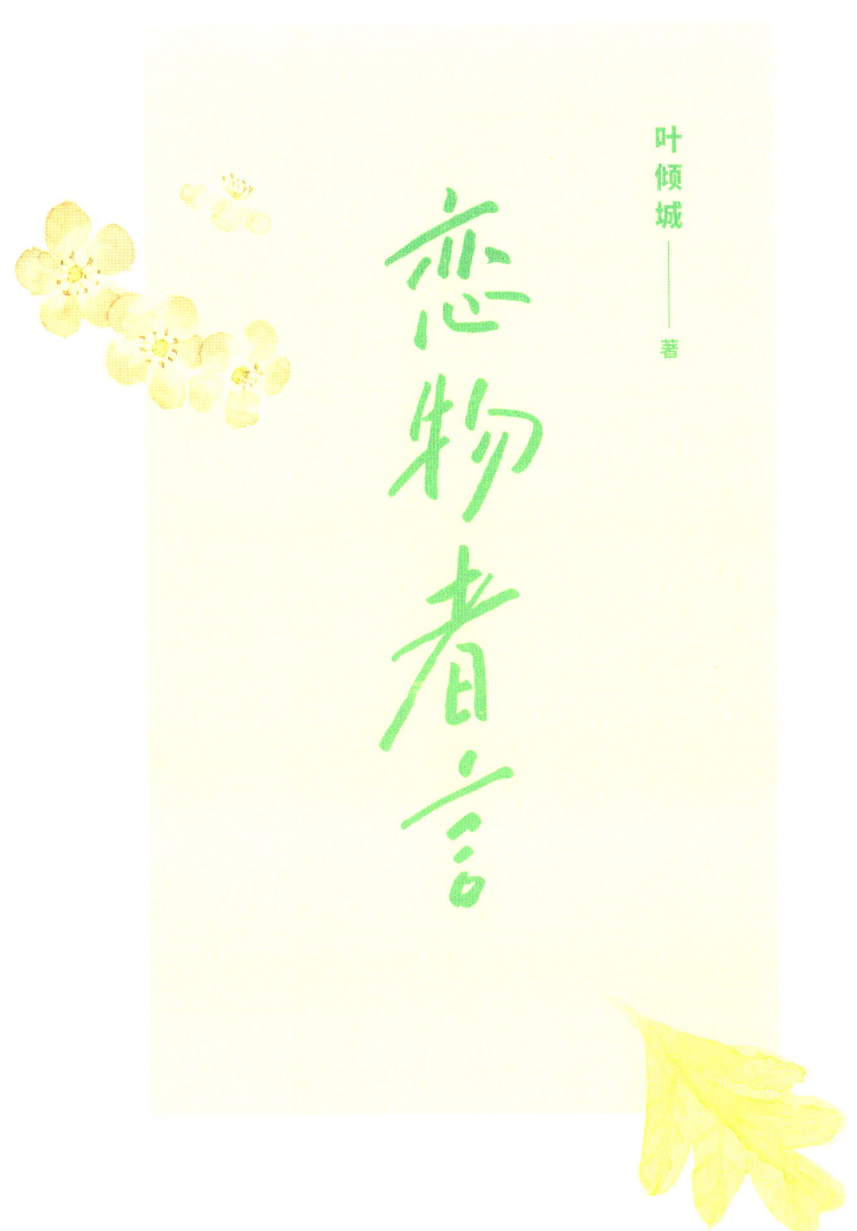

SPM 南方出版传媒 广东人民出版社
·广州·

图书在版编目（CIP）数据

恋物者言 / 叶倾城著 . — 广州：广东人民出版社，2020.9

ISBN 978-7-218-14373-6

Ⅰ．①恋… Ⅱ．①叶… Ⅲ．①散文集—中国—当代 Ⅳ．① I267

中国版本图书馆 CIP 数据核字 (2020) 第 123987 号

LIAN WU ZHE YAN
恋物者言

叶倾城 著

版权所有　翻印必究

出 版 人：肖风华

责任编辑：刘　宇　　李力夫
责任技编：吴彦斌　　周星奎
装帧设计：伍　霄

出版发行：广东人民出版社
地　　址：广州市海珠区新港西路 204 号 2 号楼（邮政编码：510300）
电　　话：(020) 85716809（总编室）
传　　真：(020) 85716872
网　　址：http://www.gdpph.com
印　　刷：北京博海升彩色印刷有限公司
开　　本：787mm×1092mm　1/16
印　　张：14　字　数：172 千
版　　次：2020 年 9 月第 1 版
印　　次：2020 年 9 月第 1 次印刷
定　　价：52.00 元

如发现印装质量问题，影响阅读，请与出版社（020-85716849）联系调换。
售书热线：(020) 85716826

恋物者言

目录
Contents

哀·爱·物

- 2　苍耳心
- 7　满园春
- 16　你煮饭，我煮粥
- 19　废物私藏
- 22　脚背上的朱砂痣
- 25　我的百合岁月
- 31　鸳鸯杯
- 40　熊是最甜蜜的动物
- 43　她的长袜抽了丝
- 45　秋恨
- 47　从郎索双钏

悟·误·物

- 52 小陶马
- 55 老人与花
- 57 二蓝这个颜色
- 60 姥姥的蚊帐
- 63 白驹过隙不单单是种夸张
- 66 大蛇
- 70 莫待退休才读书
- 73 俄罗斯套娃里的哭脸
- 77 母子一场,只余一张照片
- 80 那条粉红色的男人腰带
- 85 披霞追踪

识·食·物

- 90 以食物疗伤
- 96 如何能不爱上虎皮蛋
- 98 一碗糁的尊严
- 101 雪地里的芒果香
- 103 白咖啡·灰面
- 106 只是不叫马占山
- 109 老主妇们的私房菜
- 114 吃在武汉
- 117 水饭
- 120 吃花酒
- 122 请你来吃牡丹锅

身·外·物

- 126　自己的客厅
- 132　阳台是我的山居
- 138　把生命装饰得美不胜收
- 141　彩云易散玻璃碎
- 145　好彩头是锦上的花
- 148　日子像梁，上面挂满了篮子
- 155　让它既活在大地上也活在墙上
- 162　似这般姹紫嫣红
- 169　信物的要义就是信
- 175　穿白色丝质衬衫的女子
- 180　哪吒有他的风火轮
- 183　皮包是女人的另一颗心

知·植·物

- 188　皮不厚无以长大
- 190　六月新荷待我吃
- 193　玉兰家家有
- 196　不过是莴苣
- 198　我望槐花几时开
- 201　亦舒的栀子花
- 204　偷不得的春光
- 207　水仙的笑声
- 209　樱桃的诱惑
- 211　有位甜姐儿名叫白兰
- 213　以百合之名
- 215　授人栗子之手

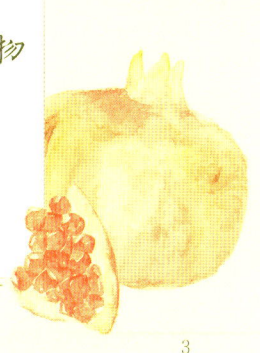

哀 · 爱 · 物

所有的心甘情愿都可以拆分，你心甘，我情愿；你煮饭，我煮粥。爱情也是重担，谁挑都吃力，两人各出一个肩膀，各出一只手，是最好的。

苍耳心

如果不是她,他永远也不会知道,世界上有一种叫作苍耳的植物。

与她相识的那年,他刚上大一,是班长,第一次主持班会,向同学介绍学校情况。

他做了精心准备,班会将进行得很完美,假如她不站起来。

她问:"班长,你知道我们学校唯一的一株苍耳在哪里吗?"

"苍耳是什么?"他脱口而出。那是他第一次注意她。娇小,穿一件宽松的夹克衫,小小的一张脸,淹没在黑发与灰衣之间,那是一张天生让人记不住的脸。

她认认真真地说:"是一种草本植物,它的果实也叫苍耳,是一颗多刺的球。"

"刺?"他糊涂了,"有毒?"

她猛摇头:"它有刺,只是为了挂在人的身上被带走,好在别的地方生根。"

教室里"嗤嗤"的窃笑声越来越明显,他不由自主地恼火起来,然而她的表情一本正经、又不像恶作剧。班会就此草草收场。

后来他们慢慢熟识了。

他是系里成绩最棒、人缘最好、干活最卖力、相貌最英俊的男生。一开始就是班长、一直到学生会主席,总之,是一帆风顺。

而她,相貌平平,考试多半是擦线而过,她爱说自己是一只掠过水面的海鸥。

有几次她险些"落水",都是他去跟老师求情,拉了她上来。他乐于帮同学做这些事,大家都知道。

她喜欢说俏皮话,每次寥寥几句,惹得大家哄堂大笑,他当然笑。可是有一次,他在校报上看到她的文章,笔锋沉着冷静,微有几分苦涩。这就是她的内心吗?

往后,她再说笑话,只有他会暗暗一震,感到她话外的深意。他觉得她是一个充满智慧光芒的人。

他为人一向光明磊落,并没有多心,何况又是她,这样一个平凡的女生。

他们无所不谈。偶尔,他也会谈谈自己中学时代几次短暂的钟情,她只是沉默。

在夜色中,他看见她漆黑的头发,那是她最美丽的部分。他问她的感受,她一笑:"爱情是一件九死一生的事。"又一笑,"最可怕的是,当你在爱河里快淹死了,岸上的人还以为你在游泳,为你鼓掌叫好。"

大学时代的最后一个春天,他认识了邻系一个女孩,女孩温柔体贴,多才多艺,而且美丽。他一向喜欢那些芬芳的、柔软的、美丽的、犹如花朵的女孩。

已经是毕业设计期间,除了少许无关大局的课目外,几天不来上课都可以。恋爱中的人是容易忽视朋友的,而且她也忙着找工作,两人见面的机会越来越少。

一次,她找到他,说:"苍耳结果了,跟我去看看好吗?"

他答应了,却总是百事缠身,一忙就忘了。

她说了几次,也就不再提了。

一日中午,他趴在课桌上午睡,蒙眬之中,觉得她在身后,不知在干什么。

教室里人声嘈杂,他睡意正浓,也不理会。

上课前五分钟,他起身准备到另一间教室上"就业指导"。走廊上,有女生从背后赶上来,扭头看他,抿嘴一笑。一而再,再而三,他再笨也知道,背后肯定有什么地方不对,反手一摸,一手的刺。

他躲到厕所脱了毛衣,细看,不禁大吃一惊,那竟是一颗心,一颗用苍耳缀成的、绿色的、多刺的心。

苍耳上的刺紧紧钩着毛衣绒,他连扯带拉,急出一头汗,最后上课还是迟到了十分钟。

那是大学四年,他唯一的一次迟到。

下课后,他笑着问她:"怎么,整我上瘾?"

她一言不发,转身就走,风吹胀了她的夹克。她小小的、灰灰的背影,竟像极了一颗枯萎的苍耳。

等他发现好久没见过她时,他们已经快毕业了。

他留校读研究生,她分到一家机关,待遇不错,他替她高兴。毕业典礼上,他对她说:"以后,常给我写信。"

她答:"我不会给你写信的。"

没想到她是认真的。

他一封一封地给她写信,每一封都石沉大海,他慌了起来:她出事了,出国了,抑或是……嫁人了?

他到她所在的机关去找她。门口有武警站岗,打电话进去找人,他就在门外等。天上下着细雨,他站了很久,全身都湿透了,看见她出来,他松了口气。

她瘦了,脸色也苍白了许多。

他心疼地问:"你怎么了?生病了?"

她只问:"你来干什么?"

看着她,他心里踏实,老老实实地说:"你不给我写信,又不回信,我怕你出意外。"他自己也觉得好笑,同在一个城市,她若有变故,他岂有不知之理,也不知为什么会急成这样。

她久久不说话,眼中浸出了泪水。

他从没见过她流泪,一时手足无措。

她低下头去,哽咽着说:"没有用的……"

他急切地说:"有什么事你跟我说啊,我们是老同学、好朋友,我会帮你的。"

她抬头看了他一眼,她的眼神如此哀伤,仿佛暗夜里独自开放的花朵。她说:"雨大了,你先走吧,我还有事。"说完,径直进去了。

雨,是真的下大了。

那是他们最后一次见面。

他读完研究生,又留校做了助教,女友来来去去,却好像总是缘分未到。

这几年,学校大兴土木,有一回,他看见图书馆后面的空地用绳子围起,准备兴建新教学楼,他想这不就是她告诉过他的校园里唯一一株苍耳的位置吗?那么,以后,学校里就再也没有苍耳了。他想拿照相机去拍下来,可是,就算拍下来,又能怎么样呢?

渐渐地,他已不能记忆大学期间学校的样子,也很少想起她。

又是春天,他照例找出毛衣来穿,无意中发现了一颗苍耳,钩在毛衣上。

黄了,萎了,刺也软了,一碰就掉了下来,他捏在手中把玩,奇怪着自己的毛衣上怎么会有这个?

他忽然记起了她,记起了那一颗绿色的、多刺的心。

刹那间,他脑海一片空白,唯有往事一幕幕走近,又与他擦肩而过,越走越远。

那么多年过去了,那一颗心只剩下这颗萎黄的苍耳;那么多年过去了,他才读懂自己心底最深的真爱。

满园春

这些年,连天时都乱。才二月间,一时恨不得脱了棉裤换夹裤、转眼又夹霜带雪了。远眼一看,残败的绿叶间藏了一小撮一小撮的雪,呀,原来是山茶花。陡然一晴,玉兰花便开了,一大朵一大朵的,憨憨实实。突然天上来了淅沥沥的雨,迎春本就娇弱,那灿灿金色一遇风雨,就像十二三岁新入府的小侍女,经不起一天一顿骂,三天两顿打,打了蔫,怯生生的不敢近人。孙太太心里想:"连花儿都这么吊儿郎当的。"——自己惊了一下:妇道人家,怎么能把"吊"字挂嘴边?刷地泛了一身阴阴的汗,汗退了,委屈才哆哆嗦嗦浮出,如洪水过后河里的小鱼小虾。可她没说出声呀……渐渐反应过来:那些能呵斥她、管教她的老家儿们,都不在了。

抬眼看高高墙头外一抹天色,雨意绵长如蓝花布上的织痕,细细密密。打从十七岁嫁入东巷孙家门,第二天新娘子上堂奉茶,低眉顺眼、垂手而立,一抬头蓦然是青天劈面而来。她一下子看呆了。入门三天还是新妇,当场婆婆

没发话,事儿却提了二十年:"没见过这么放肆的小媳妇,一点儿规矩也没,到哪里都看野眼。"到现在,到底可以随意看了。

许是她怔的时候久了些,连太太慢条斯理地催她:"孙姐姐,该你了。"她"哦"了一声,稳稳地打出一张,"听牌。"胖得看不出形状的圆脸上浮出一层笑意。

日子有时候跑得像匹青头骡子,有时候又慢得像牛车,孙太太觉得自己老跟不上快快慢慢。这些年,外头的世界老在变。先是废了皇帝,哗啦啦,满街年轻人的辫子都剪了去,后脖处青青的发茬刺得老辈人都捏一把汗:万一皇帝又回来了呢?溥仪没回来,倒是袁世凯篡了国,气得孙举人直拍桌子:"国之将亡,必有妖孽。"果然乱臣贼子坐不稳江山,没几日袁贼就被轰了下去,然后各路大总统、总理、将军……你方唱罢我登场,这一转眼也民国二十年了。

二十世纪三十年代,再守旧的人家,也剪了辫子放了脚,子侄们送去洋学堂,细妹子也大大方方在路上走。电影院里放"亲香香"的电影,太太们互相壮胆,手拉着手去看。到了关键地方,她们却全羞得盖上眼睛——又从指缝里偷看。

连旗袍的款式也长长短短的变个不停,按孙太太的话说就是:"就是这手里的麻将牌呀,也总变样子。"

老妈子无声无息过来,先给每位太太续上了热水,再回身把门口的细竹帘下了一半,一地荫荫的青,赔笑向孙太太请示:"外头听见警察的铃声呢。"几位太太都笑说:"一举两得,防警察也挡寒头。"外头正闹腾什么"新生活运动",禁大烟禁麻将,料得他们也不敢上孙府来查抄,总得互相给个面子。从孙家老太太起,讲究的就是"要想好,大做小"。这东巷几家人,谁不知道

8

孙家规矩大。有时候回想起来,孙太太隐隐有莫名的怨意:"亲娘亲老子唉,你们也不打听一下就把女儿许了人。"

那时孙举人才十四,是个初进学的白衣秀才。老人们都说:"功名出在闺阁。"要讨个姐姐媳妇管束一下。孙太太没读过书,也知道圣人教训的"三从四德",私下里,把孙秀才当儿子宠;对着人,当天神敬。野孩子懂什么事,不好好攻学被先生打了手板,晚上回家发脾气,有样学样也打老婆。到那时,她才忍不住哭了一场——也不敢大声。大声了,难道是等着婆婆发话不成?

白天里,伺候婆婆再没有比她更尽心的。婆婆的鞋脚头面,都是她一手张罗的。老太太没别的爱好,就爱打个小麻将,与亲戚邻居的太太们聊个短长。每天下午,孙太太直挺挺地侍立在老太太身后,老太太一声咳嗽,她赶紧奉上罗汉果茶;老太太稍一皱眉,不冷不热的毛巾就递过来擦手。赶上老太太火气大,能一巴掌给拂到地上去:"好不容易有点儿手气,还非得给我洗了去。"她堆着笑,满口里赔不是:"妈,都是媳妇没眼力见儿,你别见怪。"

那一边,厨房里还等着少奶奶亲自掌厨。她调的一道口水鸡,是最得老太爷欢心的。她一会儿上灶间,一会儿过到偏厅——孙家的麻将长年累月开在这里。一双缠得小小的脚,几十趟地跑下来,稍微慢一步,老太太就发话:"少奶奶,是委屈你了吧?我早知道,年轻人不耐烦陪我们老人家。"走得急两步,老太太更得冷笑:"这么急着过来听闲篇呀?我们大人说话,小媳妇听什么?真没羞没臊。"孙太太强忍着不敢掉泪,她怕婆婆看到红红的眼圈更得骂:"我还没死呢,就哭丧了。"

在哗哗的麻将声里,孙太太就像鼓词里唱的小媳妇,只盼着相公科举得中,扬眉吐气。果然捷报连传,孙秀才高中举人,衣锦还乡之际,身边带了一房年纪轻轻的姨太太。那时，孙太太其实也才二十出头。果然是应了人家说的那句："南方举子刻稿，北方举子纳小。"

三妻四妾，也是常事。孙太太难免心里还想公婆念自己句好儿，慰一句辛苦了，不料老太太听了只笑一声："这事怪不得男人，娶这么个粗粗笨笨的，哪儿有不起外心的。"孙太太侍立于她身后，一径低头，说不上的自卑涌上心头：她知道自己生得黑矮胖丑粗，还大字不识……一阵阵反胃，她来不及告罪，三步两步到马桶间呕吐。是德文，才落她怀就这么懂得心疼她。

姨太太果然是一水葱儿似的姑娘，妯娌里笑："早晚知道葱是辣的。"也不知怎的把孙举人管得服服帖帖，为她置了小公馆，与她双宿双飞。除了逢年过节，姨太太过来磕几个头，平时也不必伺候公婆。孙家这么守旧的人家，居然也没人非议："礼不下庶人。跟个姨太太讲什么礼。"孙太太嘴笨，不会说话，憋很久，才想明白：原来礼就是讲在她一个人身上的。

要没德文，不知孙太太那些年该怎么熬过来。老太太过身后，孙太太才第一次上了麻将桌——她个子小，那一张她无数次侍立其后的黄梨木椅，坐上踩不到地。看了这么多年，看也看熟了，她沉着地眼观六路、耳听八方，稳稳地一声："和。"麻将牌在手心沁凉沁凉的。一代一代，多少人捏过摸过，也不见它留下谁的指印。

今儿来的几位牌搭子都是熟惯的，麻将桌上的气氛却别有不同，人人都像心怀鬼胎，有一种隐忍的跃跃欲试。果然最年轻的连太太撑不住，搭讪着开了口："朱太太像没来打过牌？"标准的明知故问。

秦四嘴最快，咯咯一笑："她哪里和我们这些人来往，人家是相夫教子的。"向孙太太抛个眼风，"孙姐姐你说是不是？"秦四是茗香园的小旦出身，秦将军的第四房太太，天性是个不安静的人，成天嗑着瓜子串门子，闲话与瓜子皮齐飞。孙太太是正经人家出身，最不屑这种下等人，奈何秦四一张嘴抹了蜜似的，"姐姐"长"姐姐"短，把她伺候得满体通泰。她心一软，就在牌桌上与秦四平起平坐了，不过仍是存心只叫她"秦四"，从不提后面的"太太"，就是为了提醒秦四：你不似我这种明媒正娶的，我坐着你站着，还高你一个头。

牌桌上静了一静，苦瓜脸的岳太太拿手绢挡着嘴，咳嗽几声，捏了一张牌相了半天面，才慢吞吞丢出来："朱大小姐真和人跑了？"

朱大小姐是东巷的一朵奇葩。不，要从朱老爷、太老爷算起，他们家也是世代书香，但第一样，不信菩萨不供祖宗。东巷里，去天主教堂拜圣母的也有，但家里的佛堂牌坊从来都在。一体两制。圣母是外来的和尚好念经，祖宗位置动不得。只有朱家，头一份，只是折中地在堂屋里挂了幅大照片。次一样，不给女儿缠脚，从小就放着在外面野。朱大小姐就是，六七岁和男生一起上学堂，学堂里不收，朱太太还亲自坐着轿子去和人家讲，讲得那年轻腼腆的小校长结结巴巴。朱大小姐十八岁去北京上了大学，最惊人的是，她还漂洋过海，去了那红眉毛绿眼睛的洋鬼子的地方读什么博士。去年朱大小姐回家，白衣黑裤短发，男人式地大步流星。通巷都轰动了，都说朱大小姐读书读多了，疯魔了。算起来，朱大小姐也三十多岁了，大家都等着看笑话，倒真给她们看着了。

孙太太眼疾手快，一声："吃。"一边调匀牌局一边庄重地说，"倒真看不出来，朱大小姐脸面清秀，没想到做出这种事。"连太太急急"切"一声："孙太太您厚道，她那脖子上的皱纹不能看。"其实连太太自己才真是一脸中年妇女的褶子。她跟朱大小姐同岁，但看着，老了十五年都不止。

这一把孙太太和了，心里说不出的称心如意：好多年前，德文与朱大小姐在同一家洋学堂读书，朱大小姐是唱诗班的领唱，一副好嗓子。德文就下苦功练笛子，吹得出神入化。周日，经常有街坊看到他们在小教堂一吹一唱，仿佛神仙中人。把孙太太吓得：别说她一向讨厌朱大小姐，光是年纪就不般配，朱大小姐大德文五六岁，是半代人了。得亏朱大小姐留了洋，斩断这一支线，孙太太连称"菩萨保佑"。到现在，德文大学毕业，在上海报馆做事，青年才俊，上门提亲的踏破门槛。倒是朱大小姐，这老姑奶奶当得是铁板钉钉了。

还是秦四，说话从来不过脑子："女大不中留呀。要早几年，还好给人家当个填房。"孙太太皱眉，这话怎么能当着连太太面说？

连太太就是继母舍不得给她置办嫁妆，硬把她拖到二十五六岁，嫁给连老爷当填房，当时连老爷都六十多岁了。听说当年连老爷还推了半日，说只想讨个俏寡妇料理身边细事，不耽误人家大姑娘。等到见了面，还是动了心。男人嘛，能找年轻的谁找那半老徐娘。连老爷是个土财主，倒疼她，连太太算是过了几年滋润日子。人也白胖匀净了些，虽然没到发体程度，也比往日那黄皮寡瘦看着像个人样了。毕竟连老爷年纪在那儿摆着，没三四年，连太太就守了寡。田产她连边也别想摸到，城里的房产铺面，前房儿女们也瓜分个干净，话说得冠冕堂皇："妈你放心，养老送终是我们的事。"这些年，连太太就靠连老爷留给她的私房钱过日子，膝前儿花女花，一枝也无，有刻薄人背地造谣说，只怕她到现在还是个黄花闺女。

果然连太太涨紫了脸，半晌迸出一句不好听的："不管是不是填房，嫁人就得守得住，有那不守妇道的，给男人戴绿帽子，有什么好下场。"秦四真是皮厚，脸都不红一下。

谁不知道秦四过门没一两年，就被抓到与副官在一起。副官当场被拖出去毙了。秦四正一朵水仙花似的年纪，秦将军不忍下手，就叫道："拿我的马鞭来。"那一顿打，秦府上下都大开门窗，专为了听秦四的鬼哭狼嚎、求爷爷告奶奶。小丫鬟们全假装有事，在秦四房前穿来穿去偷眼张望，一溜烟跑回去禀报：秦四怎么剥光了跪在地上，自己抽自己嘴巴子，大白屁股一道道的血痕，蜘蛛网似的。秦将军存心杀鸡吓猴，打完不算，还让老妈子带着秦四去各房脱衣服解裤子展示身上的累累鞭痕："姐姐妹妹们别学我，我不要脸，我贱骨头……"秦家大太太是大家闺秀出身，不好意思说什么，她身边的老妈子嘴都很毒，笑道："听了半辈子评书《游四门》，今天才开了眼，看到刁刘氏光屁股游街了。"

那之后，秦将军想起这事就一顿鞭子。伺候秦四的小丫头，每到第二天就满眼笑意地满世界嘀嘀咕咕去，说出来的话，干净人别说听不得，连想一想都面红耳赤。这两年，打得少了，因为秦家六太太、七太太是一对姐妹花，还是女学生出身，秦将军忙不过来。

牌桌上的气氛微微有些僵，只听见哗哗的洗牌声。开手是岳太太，她慢条斯理地垒好牌局，丢出一张牌，才道："朱大小姐真是想不开。好好做个女儿家，清心寡欲，不晓得几清爽，非得跟男人做什么？做女人，一辈子不嫁人才是福气呢。"

岳太太常提的一件事，就是当细妹子时节，去普照寺烧香，住持老尼说她有佛缘，要度她出家，被她家人叱回去了。岳太太说："医治不死病，佛度有缘人。缘分就差那么一步。是我前世不修……"

岳太太四十多岁，说她六十多岁也有人信，一张脸蜡黄蜡黄的，像张黄表纸。这二十来年，她长长短短也怀过十几胎，女儿眼前就有七八个戳着。

儿子呢，不是小产，就是养不大，好不容易有一个长到三岁——后院有条万年浅的小河，突然暴雨涨得老高，孩子失足掉下去，淹死了。当时岳太太差点也跟着去了。

岳掌柜现管着这么大一间当铺，怎能没个儿子继承家业，将来支撑门户？偏偏岳太太"养猪不长，养狗倒长得欢"。岳掌柜没给过岳太太什么好脸色。

这些年，岳太太格外坐下病来了，下身永远沥沥拉拉的不干净。床上，但凡岳掌柜一近身，就疼得死去活来，第二天脸如死色。有人建议岳掌柜带她去德国医院看看——岳掌柜岂是肯花这钱的人。岳太太也不会肯的。早有人在德国医院生过孩子，一看到男医生进来，恨不得赶紧闭腿："我不生了，我不生了……"最后孩子还是生出来了，月母子羞得整个月子脸都对着墙，就没回过来。

岳太太疼狠了，主动要求拿私房钱给岳掌柜纳个小妾，不受这生育之苦。岳掌柜眉一皱："你还有私房钱？！"岳太太赔笑："不是从家用里省下来的，是我出门子时娘家给我的傍身钱，是准备将来给闺女们当嫁妆的。"岳掌柜松一口气，频频摇头："咱们这小门小户，多不起一张嘴。"仿佛一个小妾能吃掉万贯家财似的。外人只能夸岳掌柜是正人君子，平生不二色。岳太太对太太们都掉过泪："他是把我当畜生呢，使死了算。"

她一向难得说句重话，此刻却忍不住道："我看朱大小姐，是老寿星吃砒霜，活腻歪了，自己跳火坑。"

孙太太微微一笑："也不一定，看她命里有没有儿子了。"她向她们投去轻蔑的一眼：她不是她们，她有德文，她一把屎一把尿拉扯大的儿子。这么多年来，哪怕孙举人无日无夜都在小公馆，连过年祭祖也在那边完成，她心里也是敞亮的。她儿子大了,是孙家的长子长孙,才貌双全,懂事孝顺,这一两年就要娶媳妇抱孙子了,马上就要有一个低眉顺眼的小媳妇站在她身后伺候她,她终于能过上扬眉吐气的日子了。

一摸就是个"北风",正是个自摸的豪华七对,孙太太快活得不得了,突然门口一片大乱,跟着孙举人的男仆老王慌慌张张冲了过来:"太太、太太,老爷催你赶紧去一下,大少爷出事了……"

她一惊站起来:"德文怎么了?"

老王一头大汗,气都喘不匀:"大少爷拍了封电报过来。"

"电报说什么?是德文病了吗?"

老王踌躇半日:"太太,我们下人不好说的。你自己问老爷吧。"

她急得脸一沉,摆太太架子:"老王,我让你说你就说。"

老王半天说不出口,最后一跺脚:"大少爷说他昨天与朱大小姐结婚了。"

突然间,雨水淋上了脸,耳边全是一片乱声:"孙太太你醒醒,快叫医生……"

她心里一片洞明,幽幽间想起一桩旧事,那是快二十年前的事了,也是一个牌桌上你来我往的下午,朱大小姐抄近道上学,经过窗边的时候看了一眼,说了一句:"真可怜。"

她挣扎着想站起来,她想知道,朱大小姐到底是在说谁可怜。

她身边,麻将牌洒了一地。

你煮饭，我煮粥

这是个故事，说的是心甘情愿。

第一场架，吵得猝不及防，两个人，破天荒第一次，饿着肚子上床去，背对背，各自心里都有一句话在回旋：

你连饭都不会做，像个老婆吗？

你娶老婆，就是为了给你做饭的吗？

要承认小晋连饭都不大会做，真惭愧——而这指的，不是一桌子好饭好菜，就是一碗一碗的白米饭。啥，还有人不会煮饭？小秦第一次听说，都惊了。

更万恶的旧社会她没见着，小晋小时候笨手笨脚淘米，淘了一遍又一遍，饭里却仍嵌着米虫，吃的时候又常被米饭里的石头硌到。大人一边训斥她一边安慰她：米虫是米自己长出来的，不脏。那时家里用高压锅。报纸上常有高压锅爆炸的新闻，图片上残损的门窗，绿豆糊了半面墙。她每次都有点儿害怕，一听到锅开始嚣叫，就立刻扑过去关小火。

现在结了婚,总不能天天叫外卖——再说了,外卖的饭多难吃呀,叫了外卖配上自己煮的饭也好呀。

只是对小晋来说,这份心虚一直维持着。虽然现在米是免淘的,锅是电饭煲,丢进去一按开关就能把生米煮成熟饭——可也有几次,一开锅,发现还是米和水,是忘了按开关。

小晋也真的不知道,两个人吃饭,要用多少米。原来家里的饭舀子,是个金属的小圆筒,两人一筒就够。后来,超市里卖米附赠一个塑料的小量杯,180毫升是多少?她试舀一杯,煮出来大概差不多。吃过两次,小秦在临睡前,挺严肃地对她说,"有一件事,我跟你说一声。"她差点以为狗血剧要上演,他要把在乡下寄养的私生子接回来,"饭呢,挺好的,不过要再多一点更好。"她大笑。

吃,对男人是多么重要。只为吃不饱肚子,便揭竿而起,大碗吃肉、大碗喝酒是人生梦想。小晋居然,连饭都没给人吃饱。

既然学了煮饭,也学炒几个菜吧。花花绿绿端上来,小秦很满意:"我这老婆娶值了。"

对于小晋,那就是个玩儿,真让她一日三餐弄,累,而且不公平。不知从哪一天起,小晋隐隐这么想:为什么她想做饭就是她做,她不想做饭就是叫外卖,厨房是"男士免入"吗?哦,也不,小秦也一天三次进去给自己倒水喝。

念一起,她自然而然懒起来。有时候小秦加了班回来,小晋在玩手机,不起身:"你自己煮速冻饺子吧。"

小秦也是个大孩子,脱口而出:"你连饭都不会做,像个老婆吗?"

小晋一愣,立刻反击:"你娶老婆,就是为了给你做饭的吗?"

冷战好几天。早上小晋迷迷糊糊醒来,屋子里凉凉的,是早上昏蒙的天光,还是那一句话的残骸?听见小秦在厨房开了灯又关上,水声唰唰的,溅在朦胧里。

按捺不住好奇,小晋披衣下床,看见,厨房里,小秦在煮粥:他们家的电饭煲没有煮粥功能,他用的是粗陶煲,火花一下子蓬开如蓝莲花,就手把火关到最小,这一点点微热就够了。等她睡醒,便有一锅糯香的白粥。

抬头看到小晋,小秦笑了一下:"我想过了,做饭这件事,两个人都可以学。"

小晋不自觉走过来:"嗯,现在网络方便,什么菜谱都有。"

配粥该吃些什么呢?小晋左看右看:"我炒个蛋吧。"

两个人在厨房里摩肩接踵,不知道为什么,一点儿也不觉得厨房挤。

所有的心甘情愿都可以拆分,你心甘,我情愿;你煮饭,我煮粥。爱情也是重担,谁挑都吃力,两人各出一个肩膀,各出一只手,是最好的。

废物私藏

有一天,一个熟人说要送她件礼物:"不为什么,我知道你不过生日……"说漏嘴了吧?熟人凭什么知道她的生日。

无事献殷勤,非奸即盗。她只笑笑。

过一会儿,熟人说:"我下个月换地区了。"也就是说,见不着了。她的心还是动了一下。

人过三十,总得有些演技傍身,她终于学会谛听、微笑或沉默。酬酢间,有些笑话令人厌倦,她顺手解开发圈,长发跌落刹那,空气也有片刻的惊心动魄。她记得大律师丹诺惯于玩弄雕虫小技,对方律师在长篇大论地抗辩,他故意不掸烟灰,让烟灰在烟斗上越聚越高,成了塔。满法庭的人都走了神,盯着看它几时崩盘,就算对方说出花儿来,也没用了。——她明白这是"他们"会倾倒的瞬间。

席后,若有男人表示要送她一程,她会得体地拒绝:"我不想再返场了。"

19

表演是很耗心力的事情。

忽然一次，在无聊说笑间遇见他的眼神，灯塔般明亮执着，静静看着自己。她心怦一下：如果爱上，事后可以对自己说，我首先爱上他的眼睛，再是他洁白的牙齿……她及时收住思绪，像大海上的搜救队，拖回随海潮漂远的船。

熟人就是工作往来认识的"他们"中的一个，工作更靠谱些，态度更诚恳些；做不到的事不会说，说出口的事都会做到。她不烦他，也就这么多。

他们聊过天，随大部队吃过饭，K过歌。有一次泡温泉的机会，她没去。她没问过熟人的私人状态，也不打听。"中国人过了一个年纪全都有太太。"熟人知道她多少呢？有一段时间，她的事在圈子里传得很广，人人都带着"你也有今天"的表情看她的笑话。也没什么。她对"他们"淡淡笑回去："你们"也会有"今天"的。

做个熟人，真的挺好，做不成也并不可惜，她随口说："送个包吧。"

"什么牌子呢？"

"无所谓吧，大的就好。来，记着我的关键词：大，大，最后一个，还是大。"

他没再出现过，她就忘了这件事。半个月后，前台告诉她有快递：那包，确实够大，提在手里沉甸甸，牌子金光灿灿。她留言道谢，他说："高仿的。"她就心安理得地背着去开会，出短差，把它撑得饱饱的，扔在机场的行李传送带上。

终于有一个朋友，忍不住向她进言："你是我见过第一个，把这牌子背得惨不忍睹的人。"她满不在乎："假的，仿的。"朋友接过去，摸皮质，看五金，辨标识，最后说："你怎么知道是假的？"她说："送的人说的呀。"——"他们"怎么可能给她真的，无论财物抑或承诺。

朋友把包还给她:"你和那人说,这样的包,一万元以下,有多少我要多少。"她目瞪口呆缓不过神来,朋友点明了:"限量版呀。"

那时,熟人已从她生命中消逝,只留下一个电话号码:"我不会改号码,也不会关机。"她没信过,但是这一刻情不自禁拨了,立刻通了:"……那个包,是真的?"这问题问得真蠢。

熟人:"嗯。"

她不知道该骂还是该哭,笑得尴尬:"你神经呀。我只是想要一个大包。"

熟人:"那个包够大。"

"真假对我没区别。"

"对我有。我不能给你假的东西。我做不到。"——他在说,他是他,他不是"他们"。

是谁先挂的电话?她想不起了。是自己吧,不想让对方听见哽咽。

她之后再没背过那个包,也谈不上舍不得。也许没衣服配,也许就是没心情……唉。

熟人,从来没说过爱她,或者喜欢。

只是,每个人都会有一个废物仓库,专门存放对于别人来说只是废物、对自己却莫名珍贵的事物。这个包,这个故事,从此成为她的废物私藏,概不示人。

脚背上的朱砂痣

他突然说:"我有一个故事,贡献给你。"

我说:"好。"压下要打的哈欠。

我听惯了"成功人士"的各种故事,故事的主角无外乎是年轻持重的女厅长、风韵犹存的酒吧大班、精明老辣偶尔脆弱的银行放贷员——说未谙世事的学生妹的,倒真很少,许是怕被我们骂变态,也可能自己有点儿心虚,多少有坑蒙拐骗之嫌。

不料他说的,是他年轻时候的一次相亲。

他是贫苦出身,一切都是自己打拼出来的。没看过《红玫瑰与白玫瑰》,否则一定与佟振保有知己之感,一样有条有理、有始有终。同龄人还在"感觉""缘分"间扯不清楚,他已看穿婚姻等价交换的本质。笑容再亲切,下唇也总像搁了一柄匕首,冷冷的,沉甸甸的。

那女孩是谁介绍给他的,不记得了,一听条件就知道不合适,见面大概是为了给介绍人面子。果然是个黄毛丫头,来相亲都一蹦三跳的,一抬袖子,"哗"一声,果碟全打地上了。女孩"哎哟"惊叫,他忙着收拾,她插不上手,半晌不好意思地咬咬手指。

他笑:她不是个贤惠能干的女子,出局。这方面,他比最铁面无情的HR更立判生死。——却止不住心动。像春日,忙人正打算午睡,忽然来了只花羽毛的鸟儿,就停在床边的窗台上,隔窗"啾啾",又歪头看窗里人。明明被吵了瞌睡,你能开窗驱逐?

喝了茶又吃饭,饭后又坐着聊了很久,女孩爱吃爱说也爱笑,嘴就没停过。而他一直苦苦挣扎着:是现在起身,还是再喝一杯茶,抑或……豁出去,直接问她电话,又会怎么样?他始终没问。

夜深了,他送女孩回家,坐最后一班轮渡过江。江风好大,劈头盖脸,像这无情的社会,逼得人非要抱团取暖。女孩一径欢欢喜喜,看到有人卖烧烤,立刻冲过去买两串,兴冲冲举在手里。他想问她:手冷不冷?他笨拙的,想像电视中的人一样,脱下外套给她披上。都没有。他被大风吹了个透,风干腊肉般僵着。

女孩吃得专心,无意一低头,"呀",脚背上,沾了一滴烤串上落下的红油。女孩足尖半立,向他示意要纸巾。江影倒映下来,夜色是沉沉流动的黑,女孩的脚像只雪白的春日兔,侧耳聆听,蓄势待发,她脚背上的朱砂痣,是兔儿眼,灼灼红。

刹那间,全身血液都涌上他的嘴唇,那里变得滚烫,一颗小炮弹即将弹射,落在她的脚背,轻触那一枚朱砂痣。那将是他的初吻,是新研印章第一次笔饱墨酣压上去;是窖藏好酒一朝开封、香气四溢;是收到快递包裹,还在楼下就急不可待地撕开……

茶凉了。他定一下神,招呼服务员。等待的片刻,茶室正式黑下来,橱柜桌椅都像头角峥嵘的怪兽,体谅沉默。服务员沏上热水,"啪"开了灯。我们又回到这伧俗的现世间。

他突然问我:如果那一刻,他吻下去,会怎么样?热热的、带着少年稚气的嘴唇,贴近她冰凉的、少女馨香的脚背,一定像抓娃娃机的小爪子,会抓出一大串笑声。

我笑起来:"不会怎么样吧。一吻定终生不是你的风格。"

他微一沉吟:"也是。结婚嘛,不就是过日子。可是……跟喜欢的人过日子,比较舒服吧?"又忙忙摆手,"当然了,我肯定是喜欢我老婆的,平平淡淡才是真嘛,但是……"像立意养生的人,一落地就弃绝荤腥,拒绝咸辣,不沾油炸,"真"了一辈子,却明明白白地知道,那不平淡的,也不是假。

不必说遗憾或者惆怅。好多年前,他已经给出了选择。

这一生,多少次与异性肌肤相亲,妻子、情人、性伴侣,多少疲倦与满足,那个没有开放就已消散的吻,始终是他不可逾越的高度,唯一的、不可再来的高潮。

多少人,从不曾年轻,就已经老了。

我的百合岁月

我终于筋疲力尽,对九信说:"你父母所要的儿媳妇,是洗衣粉广告里的女子,永远系着干净的围裙,捧着大盆衣物,深情款款地只说一句话,'家人的健康与平安,就是我最大的幸福。'九信,饶了我吧,我没有那份天赋。"

我与九信七年的交往就此了断。

那是六月,天空很蓝。我觉得,在别人眼里自己也是美丽的,但在我们银行实习的中专女生却脱口而出:"你都这么老了,还穿这样的衣服啊?"看着她十八岁的唇和颊,我蓦地愣住了。

我竟然,已经老了。

就在这样的六月,我认识了陈。

在一次酒会上,我第一次喝黑米酒,甜而清洌,让人想起那些甜而温暖的家庭日子。喝过很多杯,我要再去斟酒,一只手轻轻挡了一下,"叶小姐,不要再喝了,这种酒有后劲的。"我抬头,是个熟人。

陈,中年人,一家日本公司的本地代理,是我们银行的客户,曾经略有接触。我笑一笑,"谢谢!"仍旧为自己斟满了。

他又说:"我去给你倒杯茶好吗?红茶,或者咖啡?"我没有回答。良久,他忽然说:"其实,叶小姐,感情上的事看开一点。"

我猛地抬头,他的眼光倏地逃开,可是那一抹关切像火焰一样,烙在我的面颊上。

我感到了疼,站起身,"陈先生,对不起,我告辞了。"婉拒了他要送我的请求,我慢慢地走过静悄悄的街巷。酒力阵阵上涌,世界在我眼前摇晃起来。

一辆车无声地停在我面前,我还以为是的士,没想到是陈的车。我靠在椅垫上闭着眼,汽油味冲得我阵阵头晕。他转头问我:"往哪里开?"我张口欲答,却"哇"的一声吐了。我几乎要把五脏六腑都呕出来,而他一直拍着我的背,安慰我。我一身冷汗淋淋,只有他的声音,是唯一的清醒和暖。车终于开到了我的楼下,我连滚带爬地跌出车门,一个人扑上来抱住我,"你怎么了?"竟是九信。

第二天我醒的时候,头痛得像要爆炸,但我还得挣扎着起来去上班,因为金库钥匙在我手里,我若不去,虽然地球不会停转,可是银行今天就开不了门。

一打开办公室的门,我雷击般地愣住了。我的桌上,有一大束晶莹雪白的百合花。已经很久没有人给我送花了,也已经很久很久,没有人知道,我最爱的花,是百合。

那时离年底还远,陈却常常过来与我们谈业务。见到他,我便想起那个晚上,吐了他一身,总归有点讪讪的。他却总是很大方,谈笑自若,下班后还常请大家一起去吃杯酒,大家轰轰烈烈坐了一圈,多么千奇百怪的食物都有人叫。陈有时会感叹："真是年轻啊，有这么好的胃口。"到这个时候，我才有机会细细地看他，他的确不年轻了，鬓边一圈华发，脸上恒常带着淡淡的笑容，安静而宽容地目睹着我们的青春，有一种说不出的锐利和镇定。

他总是开着他那辆旧车，送大家回家，绕来绕去的，所有的人都下了车，最后在车上的那个人总是我。与他在一起，我总觉得窘，就只好哼歌。那段日子正流行黄安的《救姻缘》，我便一遍遍地唱，"当我初见你的模样……"他多半是沉默的，可是有一次他突然说："我第一次见到你，是我去找你们主任，向你打听。你穿着那种土黄色的行服，但是头发很黑很黑，抬起头来的时候，眼睛那么亮。我当时就觉得，你像一种花。"我极力回想，是真的有过这样一件事吗？有过这样一个人，隔着银行特有的高高柜台，把我放在他的心里吗？

仍旧日日有美丽的百合花送到我桌前，我晚上仍旧和同事成群结队地去消夜。分手后，九信来找我的次数反而更多，我仍旧仿佛是真的很不寂寞。

一次，九信问我："我已说服了我的父母，他们的意见不再会是我们的障碍了。叶倩，你还愿意回来吗？"我们在一起的时候，他总在我和父母之间左右为难，直到我离开他，他才有勇气为我争取。如果一个月前，他对我说这话，我会非常高兴，而此刻，不知为什么，我犹豫了很久很久，终于摇了摇头。

九信没有逼我，只是指着那一束百合花问我："为了他？"

我摇头，"我不知道是谁送的。"

我的确不知道，可是我有直觉。

一次，我为公事去找陈，他正在开会，秘书将我引进他的办公室。我一下子愣住了，他的桌上，也有着星星般的一束百合花。我把脸埋在花束里，良久，身后门一响，我触电般弹开。那一晚他送我回家，路上那辆旧车抛了锚，夜色渐黑,我们坐在车内狭小的空间里,呼吸着对方呼吸的空气,我莫名地想要躲开他,却又不能。

我问他:"你的车这么旧了,为什么不换新的?"

他沉默了很久,声音里微微地带点喟叹,"人到中年,要换任何一件东西,即使只是一辆车,都不是一件容易的事了。"

只是这样的一句话,可是,好像我全懂。我们拦了辆的士,到我家的时候,天已全黑,九信在楼下等我,他问:"是上次送你回来的那个人吗?"

我说:"是。"

"他已婚?"

我说:"是,但是优秀。"

他冷笑。我突然急怒攻心,一掌挥了过去,九信顿时愣住了。

然而他的笑给了我很大的触动,在那一夜无眠之后,我决定利用假期去旅游来避开陈。在异地的汽车上,我昏昏欲睡,有人轻轻碰我,"小姐,东西掉了。"可不正是陈,他的脸上有一抹顽皮的笑意。那几日一直下着细细的雨,然而我们是快乐的,在万家灯火的夜市吃小吃,坐长途汽车去僻远的乡村买真正乡土的斗笠,穿过大街小巷去找电影里的那种红灯笼。他为我撑着伞,手背上的皮肤微微松弛,却使我莫名地感觉到一种风雨同舟的情愫。

傍晚,风好大,行人渐渐稀少,在夜色里阴沉沉的洛阳桥上,只剩我们两个人。我的蝴蝶发夹忽地脱落了,被风一带,向河里翻飞而去,我们同时伸手去抓,都没有抓到,他手中的伞也飞了出去。大颗大颗的雨霎时扑来,他轻呼了一声,一时不知所措,竟紧紧地将我拥入怀中。世界骤然缩小到只剩下他的心跳,我的泪水夺眶而出,我终于承认我是爱他的,爱他这一刻的真情流露,爱他理智下还依然保留着的一点点天真。

我没有办法瞒着九信。他因此问我："你真的不愿意回到我身边？你真的不是因为我曾经的懦弱而惩罚我，也不是因为寂寞才跟他在一起？"我对他总是坦白的："九信，你不明白，自从认识了他，我才知道，世界上的男人，除了他以外，对我来说，都没有区别。"他良久才苦笑道："可是叶倩，我会等的、除非那男人肯离婚娶你，否则，我总会等到你对这种身份厌倦的时候。"不知为什么，我不寒而栗，那一天，真的会来吗？

陈的日方总裁来查账，我作为银行的代表出席。见我进去，陈显然是出乎意料，却只装得不动声色，反倒是他的副手招呼我。这样的欲盖弥彰，竟然会是陈，我一点没有想到。

日本老板御驾来临，陈顿时起立、深深鞠躬。此时，阳光正从窗口一格格投射进来，照在他的身上。那是我第一次在自然的光线下见到他，他鬓边的灰发，脸上恭敬的笑容，微微凸出的小腹，我忽然觉得陌生，仿佛从来不曾与他相识。为了一张支票，我与那位总裁起了争执。陈怕我得罪他的老板，频频对我使眼色，我无比厌恶。我突然发现他原来的那些气质，不过是夜色中的假象，而此时在阳光下，他也不过是个最平常的中年男人：在上司面前卑躬屈膝，在妻子面前虚与委蛇，也会有怦然心动的时候，可是，不肯付出代价去换。

作呕的感觉萦绕不去，我不得已去了洗手间。俯在马桶上狂吐，猛一抬头，看见自己的脸苍白如落花，我蓦地一惊，难道是，一切还没有完？

手术是九信帮我联系的，手术时我一直很镇静。但当我走出医院的大门，世界午然变黑，我倒了下去。

我醒在九信的小屋里，我握着他的手不放。他隔被搂住我，紧紧地。终于我轻轻地问:"九信,你为什么对我这么好?"

过了很久很久,我以为他不肯回答我,然而他只是淡淡地展颜一笑,"你记不记得你说过,除了他以外,所有的男人都是一样的;对我,也是如此,除了你以外,所有的女人都是一样的。"

忽然一滴滚烫的泪打在我的手背上,我紧紧地抱住他,刹那间觉得他才是我生命中生死与共的人,我说:"我们结婚吧。"

当我们度完蜜月,母亲忽然说,我原来的卧室里还有一束多少天前不知道谁送来的百合花。我赶回去收拾,不料轻轻一碰,顷刻间所有的花瓣都凋落下来,像雨,也许是泪。我并没有哭,只是那一刹那,我分明知道,我的百合岁月过完了。

鸳鸯杯

二十八岁,常常是最好的年华,之于名唤唐绢的女子,便是阳光盛放,日子无尽燃烧,盛夏开满一树树羽白杏黄的花朵,香气靡靡,却此后再无花——唐绢遂嗅到空气里隐约的秋意。

唐绢自觉已修炼得刀枪不入,却被丁海啸击中最软弱的,或许最渴望被击中的心之角落。

他是总公司新聘的技术副主管,下派分公司跟一年业务,时常一身青黑西装,略微不苟言笑,大理石地板上走出一路笔直,不尖锐亦不迟钝,一如他的为人,自有分寸。

偶有一日到唐绢部门咨询情况,唐绢信手握一只银笔,口齿利落,桩桩件件介绍得清清楚楚。一时公事说毕,片刻无语,丁海啸不便折身就走,唐绢也不便示意"我很忙",沉寂里只听见墙角暗处的黄金葛,绿叶肆意抽发,微微的"噼啪"声,几乎涌出绿色火焰。

丁海啸没话找话，随口问过她年纪，又问："唐小姐，小孩几岁了？"唐绢想，还有这么冒失的人，实话实说大家难堪，只好敷衍道："还小。"丁海啸竟穷追不舍，"你先生在哪里工作？"唐绢起身拿茶杯续水，"我现在一个人。"丁海啸一怔，立刻自以为明白，"现在这个……很普遍的。"滚水溅在她手背上，唐绢亦恍若未觉，一低头间，长发斜斜披下，如倦鸟折翼。

已快下班，经理过来，招呼说不如一起去吃个饭，丁海啸站起来转身问："唐小姐不用去接小孩吗？"唐绢到底无可退让，也是怄气得紧，"我还没找到小孩他爹呢。"笑靥如花。

但见丁海啸，三十岁男子的一张脸，"哗"地红到耳后，眼白原是极轻的蓝，此刻也染上一道一道，讶异、窘迫、怜惜的微红波痕。

大约都上了心的缘故，此后便频频遇到，丁海啸每每想说什么，但唐绢只微微笑，退个半步，让丁海啸满抱的歉意无处可搁。

一天中午挤满人的电梯里，不知到了几楼，轰隆隆全数走空，只剩下他们两人。唐绢仰头看向红色数字一路上升，"8、9、10……"丁海啸负手站得远远的，忽然说："你今天穿的，很好看。"唐绢穿的暗蔷薇红心字领无袖小毛衣，配一条芭比蕾丝黑裙，熠熠如碎钻。她也不回头，只淡淡道："那天穿的呢？就那么像嫂子？"那一套麻质粉黄底有椋鸟飞过的套裙，她再没穿过，长埋箱底如打入冷宫。

"唐绢……"丁海啸急急开口，楼层已到，唐绢早一步迈出。电梯门在身后关上，钢铁的无情，比恩断义绝更沉默而斩截。

周末唐绢晚走了一步，电话铃响，"我需要些资料，请派个人过来，可以吗？"是丁海啸，唐绢一颗心忽忽地跳得乱七八糟，其实推拒很容易，只需说一声"已经下班了"。然而她听见自己说,"好,我就来。"

叮叮当当忙完,已经九点多了,关掉电脑、空调,一刹那室内有一种沉酣的寂静,唐绢不自觉清清喉咙,丁海啸也同时咳了一声,一杯新沏的绿茶沁沁浮香,她伸手去探,恰好丁海啸也取冰水,默契如是,是风来落樱如雨。

丁海啸低声道:"唐绢,那天的事……"许是茶的熨帖,唐绢嗔道:"还说,越描越黑。"丁海啸噎住,一句话哽在喉咙里吞吐不得,唐绢睨他一眼,"不如请我吃个饭。"丁海啸如蒙大赦,"好好,你想吃什么?"唐绢"哼"一声,"随我点?"

就在常去的街边小店,唐绢大叫:"老板娘,上最贵的菜。"整家店的人都呵呵笑,丁海啸也笑,忽然一牵唐绢的手,"坐这边。"两个人,居然很熟稔,仿佛青梅竹马。

吃完饭出来,已经夜深,沿街走走。正是仲春时节,天色如蓝胭脂,缠绵迷人,素心兰犹自寂寞开放,一路留香。唐绢喝了点啤酒,只觉一团火在耳后颊上,脚步亦有音乐的节奏。脱下西装,丁海啸其实也有健谈的一面,此刻娓娓说起大学生活,曾经的初恋、足球、T恤衫的青春,两人都觉得亲近三分。

前方几级楼梯,唐绢一个趔趄差点冲下去,丁海啸一把拽住她,"当心。"身体隐隐的汗气,是非常强烈的诱惑。

唐绢无端惊悸,顾左右而言他,"瞧,卖杯子的。"烛光小摊,一地零乱陶杯,摊主老农似地蹲着,偶尔喊一声,"一块钱一个。"拎起一瞅,居然每一个都是不同款式,竟是七彩,精致美丽,却瑕疵处处——不如此,也不至于沦落街陌吧。夜市已半收,这里那里都是垃圾,行人裤脚下带出风与尘。说不出是什么更惹人疼怜,颜色、构图抑或它的身世飘零。

　　唐绢只顾挑挑拣拣,一直没响声的丁海啸递给她一个,"这个好看。"杯子黄黑双色如冰淇淋,唐绢大致一瞄是完好的,就紧紧抱住,很神气地唤丁海啸,"付账付账。"

　　回去洗了才发现是三色,沉黑、深墨蓝、暗黄,斜斜微妙地转换,粗陶杯壁全是冰纹,分明是瓦砾珍宝。唐绢第二天便带到公司去,远远见着丁海啸,忙亮给他看,献宝似的,丁海啸咧嘴一笑,唐绢只觉杯中无水,却盛满她的欢喜,溢得到处都是。

　　欢喜便是这样的。唐绢经过走廊,向丁海啸办公室看一眼,百发百中地,丁海啸会同时抬头,将她的眼光逮个正着,像个极精准的接球手。中午时分,唐绢不肯吃盒饭,要同事带冰激凌上来,带回来的是金桃百合,22元9角,唐绢大呼小叫,"谁?谁想让我破产?"丁海啸几乎是浩叹,"笨哦。"四面八方的同事都低头忍笑,唐绢一张脸,未酒先红,恨不得躲进陶杯里,清凉三分。

　　——再后来,丁海啸就坐过来,唐绢用小钢匙将冰激凌盛在三色陶杯里,一递一接,是俗世里平常儿女的举案齐眉。

　　下班后有时去逛街,都市待暮,天色沉红如砖,车声人流,涌动如大浪拍岸。他们并肩走着,不必手挽手,也是贴心,紧密,形影双双,如彩鸟于飞——中国人的爱情之鸟,原本便自由而牵绊。

　　路边有人散房地产的宣传单,唐绢接过来,看上几眼,丁海啸不经意地笑,"看这个干吗?你需要买房吗?"

　　唐绢心里一记扑跌,仓促笑,"难说呀。我什么年纪了,没准说结婚就结婚了,结婚不需要买房吗?"

　　丁海啸像迎头吃了一闷棍,半晌,连眉都是灰的,突然道:"唐绢,你喜欢我吗?"

唐绢说不尽的委屈,"你说呢?"

"……还是只因为你年纪到了,周围、家里都有压力,只想随便找个人结婚?"

满天飞扬,都是梧桐花絮,这么轻这么细的,却似金色的针,刺得人灼痛如焰。唐绢眨眨眼睛,渴望霎时间换个景色,可以安慰地喘一口气,原来是场梦。但街道上的喇叭声响得那么急促,历历写着生的真切、冰凉。唐绢冷笑,"我也不见得这么饥渴吧。"转身而去。

丁海啸三步两步扑上来,也不顾在街上,紧紧抱她入怀,"小绢,小绢,对不起,我听你说,要和别人结婚,我,我……"

因她心中的疼痛及此刻的忍耐与宽容,唐绢便知道,她是极其喜欢他的,也许还不到爱的程度,却足以造成伤害。

而丁海啸,也是因为喜欢,此刻才狼狈万分吧。她在他怀里,他是否能给她,她所要的,有质感的感情?行年至此,两人其实都明白,所谓只求曾经拥有,是非常廉价而拙劣的浪漫。

唐绢叹道:"你是要走的人。"

丁海啸答:"还有大半年呢。"——足够孕育新生命的光阴,能否酿造如佳酿的爱情?

他们的交往,便随之多了郑重。此时正从暮春到初夏,芳菲处处,花香令人感触。夜市上总有人摆地摊卖陶杯,两人蹲下来沙里淘金,唐绢忽尔一声叹息,站起来,"走吧。"很奇怪,再没遇到过另一只三色杯,仿佛注定了,是畸零的,但明明是、明明是、这般正大光明的感情。

那一夜公司聚会，经理端着一杯殷红的酒与丁海啸应酬，"听说总公司要调你回去了，就这个月吧？"一时间，仿佛酒会的声音，成体积地扩大，把唐绢一时逼到墙角，透不过气来。丁海啸急忙对经理使个眼色。

——如果以后对他，会生隐约的恨，那么一定是因为他此刻还想继续瞒她，他真以为她不知道？

翌日上午，唐绢因公事忙得焦头烂额，公司空调开得太足，新茶滚水，方才绿绿泛香，随即便已凉了。她捧着大陶杯，一口一口吞那半温的茶，像不肯沸腾的感情。唐绢默默将三色杯贴近胸口：或许，便是这般了，在街巷间随缘而遇，它的千般容颜、万般美好湮没在红尘里，不是那么容易，遇到识家的。

傍晚唐绢出去剪了发，又顺便去银行打印存折，数过积蓄便想：不如去读书，或者换一份高薪一点的工作，目前这家工作做疲了，没啥意思。熏风一路撩她新剪的短发，颈项微寒，像谁冰凉的手一直拂着她。三十岁那年，总还能去欧洲走走的吧。头上是大城市暗蓝的天空，被大厦锐利的楼尖刺得千疮百孔，而他们都说，希腊的天空特别蓝。

天渐渐黑了下来，今年流行的朱红墨黑条纹细高跟鞋分外磨脚，忽然间，唐绢知道，这是第一次，她认认真真，考虑独身终老的可能性。

身后脚步声，如此熟稔，唐绢不必回头也知道，只抬步急走，脚下彩砖吱轧。良久，他唤她："小绢。"隔一下，又唤她，"小绢。"她全然不理，踩着高跟鞋笃笃的，横冲直撞，像在风口浪尖上逆行，人行道被踩出一条莲花小径来，他三唤，"小绢。"

她瞪了他半晌，到底撑不住，"嗤"一声笑出来，眼中即使有泪意，也不会让他，让任何人发现。

那晚唐绢带他回自己的小屋，放一首叫作《红河谷》的歌，"人们说你就要离开村庄，我们将怀念你的微笑……"丁海啸参观她凌乱的小卧室，惊呼一声，举起，"咦，你买到另一个三色杯了。"唐绢微笑复又低头，"不，就那个，我上班带去，下班带回来。"如此，不舍不弃，丁海啸默默看着她，忽然将她一抱。

也许这就是丁海啸，留给她的唯一纪念，一只不成对的杯子，如单翼的鸟，寂寞得无法高飞，而他就要走了。在另一个城市，或许永不回来。

那夜二人无话，丁海啸却徘徊不肯去，如大雁不肯离开唯一水草丰美的栖息地，至夜便留宿在客厅的沙发上。唐绢也顾不得人言了，很重要吗？天光微亮，便过来看他，哑然失笑。明明给他铺好床铺，但此刻被子在地上，丁海啸半趴半侧，睡得手脚大张，像只月光荷叶上的小青蛙。T恤卷得老高，露出一带腰线，是成年男子的强健而美丽。

唐绢蹑脚过来、刚蹲下身准备拾起被子，丁海啸已经紧紧抱住她，也不说什么，眼睛仍闭，身体却滚烫如焚，似融化的红炽火山岩奔流，屋中霎时间充满醚的气息，唐绢只觉自己的身体，如松香节节融化，摇摇欲坠。

他的请求是无声的：请，请原谅我的爱，以及我的离去，世事有太多我不能做主。

而她的回应也同等无声：不是我爱的人，伤不到我，没有伤害，谈何原谅。

"唐绢，你可愿意等我？"他突然问。

在耳朵听见，心灵判别，脑作选择之前，唐绢的身体，已经很慢很慢、很坚定地推开他，"对不起。"时间的残酷，唐绢早无妄念，"不管你喜不喜欢我，我都不会等。"有些什么，她记不清，也不想回想，微笑时，如果有泪摇摇欲坠,不过是晨曦刺眼,阳光血红。

唐绢斟一杯茶给她,用他们共有的三色杯,他用了她便没得用,她的记忆注定他不能分享。丁海啸黯然道:"总会找到,与它成对的杯子吧。"

"也许,但我们没有遇到。"唐绢的回答是最后的审判。

一个杯子的身世,也往往是不可测的。

此刻已经盛夏,唐绢时常忘了戴太阳镜,阳光酷烈如金,令她恍惚,仿佛丁海啸还不曾离开。他去后,好久没有消息,唐绢惨淡笑着,地球默默转动,她已经被甩到属于暗夜的那一半了吧,虽然阳光如此之辣。

她不是没想过,要与他联系,但,有意义吗?很年轻很年轻的时候,才可以去做许多勇敢而荒唐的事。

一天她起迟了,正冲过大厅赶电梯,手机响了,唐绢一边对电话胡乱"喂喂",一边伸手去挡在她面前徐徐关上的电梯门,"哇"的一声惨叫,电梯门夹住她的手,一惊一惶,手机"锒铛"落地。

——然而她已经听见了,那一端,丁海啸清清楚楚地说:"唐绢,我们结婚吧。"

在她的办公桌上,搁着一个小小邮包,有陌生的敲门声,有曼陀罗花等待盛放,有夏的芳香,有圆舞曲悠扬响起。唐绢仿佛仍在一座命运的电梯里,不断攀升,不知停驻在哪一层。

然后……

竟然是,另一个三色陶杯,深黄、暗蓝、墨黑,粗陶杯壁全是冰纹,与她的不完全一致,却压着奇异协调的脚步。

——也许是地球的某一个角落,有一个与它一模一样的杯子,你说得没错,

我们都老了,不能走遍天涯去寻找或者等待。然而,我们是相爱的人,有双手,可以制作,我便在每天下班时间,去了陶吧,师傅教我如何拉坯、上釉,所以,我们可以制造一个陶杯,或者一桩姻缘。

丁海啸的信是这样写的:唐绢,让我们结婚吧,因为鸳鸯杯,是不可以,不可以,分开的。

熊是最甜蜜的动物

三十不嫁,熊玉儿不得不怀疑人生——是吧,都说大龄剩男剩女,必有硬伤。否则千帆过尽,为什么没有一叶红帆属于你?熊玉儿想了一想:"可能因为熊会游泳?"她被同住的女友轻打了一巴掌。

女友说:"玉儿呀,你是个好姑娘,聪明、善良、仗义,抢着买单,为朋友两肋插刀,从不见色忘友……"熊玉儿臊眉耷眼说:"您就直接说我是个爷们儿,行不?"女友的纤纤素手一拍大腿:"对。"

这么好的玉儿,从来不穿高跟鞋。——熊玉儿挣扎着插嘴:"我174。"也几乎不穿裙子。"我小腿粗。"不戴首饰,也不用香水。"我对香水过敏,对金属也过敏。"永远是牛仔裤板鞋双肩包。还有还有,认路比男人还强。"我手机上有指南针。"爬山时,不仅不需要男人护花,还能把一个小个子男生的包背在身上,走得虎虎生风。"身体好也有罪呀?"

最重要的是,玉儿是个虐待狂。"不是不是。"熊玉儿一跳八丈高,"这么高雅的情趣游戏，我可玩不起，我就是个糙人。"女友揭穿她："你当年在人手上咬出多少牙印呀？"玉儿哑然。

玉儿也曾有过甜蜜初恋，一高兴，就在他身上咬出一串密密的牙印。一边咬还一边嘟嚷地说："给你盖章，多盖几个。这个是'有主勿扰'，这个是'立字为据'，这个是'是我的是我的是我的'……"男孩子手臂上一列列的火车轨道般的牙印，像会有一辆开往幸福的火车，随时鸣笛一声，在轨道上袭然而来。

男孩不是坏人，玉儿也不是。分开就分开，哭得不成人样的日子早就过去了。再想起前男友，玉儿还是衷心地祝福他：幸福列车还是会来，只是上面的乘客，不是玉儿与他。

但，当务之急不是保佑前男友——再说了，玉儿也不是佛爷啥的，她保不保佑有什么用。而是，玉儿自己要赶紧嫁掉。年纪的压力，像缓缓沉下来的乌云，银边挨到了她，她觉得累：不想不停地租房子，不想一次次相亲，不想跟每一家四川小吃、沙县小吃都混得脸熟……

她不情愿地服从女友——过来人——的指示：穿高跟鞋，屡败屡战，最后松糕鞋救了她；穿裙子她抵死不从，妥协的结果是，把男款衬衣换成了针织衫，顿时曲线毕现，胸前一大片雪白，她尴尬地直把领口往上拉。

最重要的是：管住嘴。不大放厥词，不议论国家大事，别表现得比公知还世事洞明；听男人念错字，紧咬牙关决不纠正；听男人说极度幼稚、缺乏常识的话——他都三八二十三了，你还和他较什么劲。男人请吃饭，就温柔地笑着说"随便"。实在让点，就婉约地道："香菇菜心。"回锅肉、小炒肉、白椒鸡杂之类深得人民群众欢迎的食物，永远会在那里，半夜肚饿，随时可杀回马枪。至于咬人这个爱好,戒戒戒。玉儿恨不能戴个戒指明志,却不知道戴哪个手指,才代表既没结婚,也没订婚,性取向还正常。

和高禹是在群里认识的。一个姑娘失了恋,在群里好死不活地哭诉,大家都围着劝,最后玉儿烦了,直接噼里啪啦卷她一顿:"iPhone 6 还没出来,好男人哪里没有?可心儿找呀。找不到就等,等 iPhone 7 出来了——他总得出来吧?"高禹后来跟她说:"我在电脑后面笑了半天,没见过这么贫的妞。"

见面时,玉儿还记得女友的建议,一直端着,小声说话小声笑。可是很不幸,高禹请吃的是酸汤鱼,这不喝点儿啤酒哪儿行?两瓶酒下肚,玉儿放松了,音量高了,手势多了,正滔滔不绝,一下子意识到自己原形毕露,僵在原地。高禹却扑哧一声笑出来:"我觉得这才像你。你真可爱。"

玉儿心里一块石头落地,翻他一眼:"你才知道呀。"

高禹说:"好事多磨嘛,认识你晚了也不是我的错呀。"

玉儿一把抓住他的手,想都不想,张嘴就咬——在口边,又停住。高禹的手在她嘴边,像只肥美驯顺的绵羊,在呼唤:"我愿你用那细细的皮鞭,不断打在我身上。"玉儿一口咬下去,赞道:"口感好。肉质肥厚,有嚼劲,是居家必备之良爪呀。"高禹笑倒在她身上。

每个 happy ending 都一样,但通向幸福的火车却长得大相径庭。有些是银光流闪的高铁,有些不过是普通的绿皮火车,还有些可能是七彩缤纷的森林小火车。每辆火车都要走自己的道路,每一位乘客,都会登上最心爱的火车。

高禹告诉熊玉儿:熊,是唯一会得龋齿的动物,因为它爱吃糖,而熊注定是最甜蜜的一种动物。婚礼上的玉儿,是穿纱裙的熊女孩——到底不能免俗,她实在没胆子穿着牛仔裤去结婚。

她的长袜抽了丝

如果有爱,必从一只抽了丝的长筒袜开始。

他在饮水机前面遇到她。她一如往日,笑盈盈,眼睛亮晶晶,一俯身间,他却看到她的中裙下,丝袜抽了丝,露出一痕小腿,美得惊心动魄。再细看,她的小黑褶皱衬衫是昨天那一件,她没换衣服。

他心头一震,这不是他认识的她。

他们是同事,他一直喜欢她,这喜欢像在云上赤足跳舞,轻轻一踏就可以直入爱的云端……他又拿不定主意。

她永远精致、得体、性情最明朗,俏皮话最多。偶尔转发的手机段子谑而不虐。熟了,他去过她四环外的小小零居室,她有一只毛茸茸的折耳猫,常常四肢着地趴在门口冒充黑地毯。她学法文、爱游泳,每有假日则去驴游,把自己晒成一颗黑钻石,令他目眩。

他遥遥看着她,像墙外行人看着墙内的庭院深深,小径,青苔,红蔷薇正对着绿鹦鹉，这里需要一个陌生的访客吗？他这样平凡、莽撞的傻小子，一定会折了花枝，踩破阶砖，又崴了一脚泥。她一切都好，他不见得能为她锦上添花，那么——他感觉到掌心的汗——要他何用？

而此刻，借由一双抽丝的丝袜，他想道：她的生活，或者有另一面。他其实也支离破碎听说过一些事，来自她的大学同学、客户及萍水相逢的人，他们有时讪笑，有时带着一点点叹息。他一向迅速避开，不愿意自己成为一个偷窥狂，但现在，他想，如果可以，他宁愿亲自问她。

思量很久，他通过公司内部邮件系统向她发了一个喝咖啡的邀请。她的回复很快，也很短："Why？"

因为……她的破绽。他很惭愧他就是传说中的猥琐男，在完美如观音的女子前，只想倒身下拜而不敢上前抱她入怀。她的缺失让他踏实，也许她曾经贪慕虚荣，可有什么关系，她不是谪仙，也不是机器人皮诺曹 3000，她有一切属于人的、活生生的缺点。

有些事，他还不知道，他准备在交往中渐渐了解，也许他能够接受，也许不能够。但他已经决定，认真地追求她。

小学时，他学过一个字：瑕。有瑕的才是玉，那完全无瑕的、透明闪烁的，却不过是塑料的伪造品。

秋恨

他第一次吻她的时候,她便想起猪笼草,生在热带雨林中的食虫植物。

一定是一样的,深不可测而微微开启,贴近的时候那么轻,是一种抚触,而袋口有蜜液,是最致命的诱惑——飞虫或蝶,身不由己或者奋不顾身,陷入,被吞噬,化为乌有。

所以她一直淡淡的,在走廊上、办公室里偶尔遇见,点个头便疾步而去,浅驼色 VERO MODA 小西装再职业不过,是微笑说拒绝。

他却若无其事,照旧为她传电话,她要复印文件的时候自然地接过去,"我来吧。"每天早晨为她开一盒酸奶,旁边搁两块蔬菜饼干——知道她没有吃早饭的习惯,她便吃得一裙子都是饼干屑。

说不清这样的遇见是偶然还是预谋,在楼道里。她闪身,他比她快,截住,递过一个盒子,"送你。"抖开来一条血红羊绒大围巾,极长,一幅画似的直垂到地,迤逦着。"我喜欢你。"逼近她,他低低地说。

围巾那么红,如一颗血滴滴的心,直捧到她眼前来。她的心,怦怦跳,却还嘴硬,"你最花心了,人人都知道。"

他便起誓:"我要不乖,你拿这围巾勒死我。"替她绾上围巾。长长流苏一甩,缠在她过腰的黑发上,十分妖娆,如泼墨浓草。

他的抱,莽撞迫人,她只觉得狠狠一撞,便陷进他温暖的怀。模糊想起,走廊上是有监控摄像头的,但,谁在意呢?

她日日披着那围巾,配精致黑毛衣、素白条灯芯绒风衣,底下是艳色三段锦大摆裙,偶尔,大胆地,选一条粉绿长裙。又有时,当披肩。每一选择,都像全新的恋慕。

她对他,也像日日是初恋。而办公室里,他们却几乎不来往,是他的意思,要避人耳目,她也甘愿。

早晨电梯上上下下,拥塞人群大声寒暄着,忽然里头嵌了他的名字。

"……他也算高手了。他们办公室小姑娘,来一个灭一个,来两个灭一双……"

"这前前后后,也有五六个了吧……"

是眼熟、然而不相干的旁人,并且吃吃笑着。

真是深秋了,空气薄凉如冰,她不知所措地按住围巾,只不发一言。楼层到了,她恍惚出去,站在门边像迷失了方向,突然间颈上一紧,完全透不过气来,眼冒银星,窒息将死——又忽地松开了。是电梯门,无声地夹住了她的血红围巾,险酿大祸。

半响,她双手护紧喉咙,狂咳不止,直到缓缓蹲下去,咳出一脸泪花。

爱情这档子事,对于动真的人,往往致命。

从郎索双钏

那时他刚离婚、还年轻,却觉得半辈子都耗完了。怕静却也懒得说话,每晚都和朋友出去泡吧,挑一个最爱说话的女孩子坐隔壁。十次有八次,他身边是她,第十一次,她主动说:"你开车来的吧?待会儿捎我一程。"

他会永远记得她的大笑,像七十朵烟花同时绽放在夜空;也记得她的裙,随着她的一蹦一跳,是一场飞扬的梦。他有时会取笑她的没心眼儿,却真心实意地觉得舒服,舒服得让人想打个盹儿——却总是雯时间惊醒。爱情之于他,仍然是在柬埔寨的地雷田里种小麦,经久不成穗。

认识大半年后,他去香港出差。她高高兴兴地送他,在机场顺手买本杂志,指给他看:"这款巴基斯坦手工金镯好好看,呀,有店铺地址呢。"一把撕下那一页给他,"帮我带一个回来。"

……真的是顺手吗?在飞机上,他头疼得像要裂开。就像刚离婚那会儿,他躺在黑暗的床上,脑海里反反复复只有两句话:原来是这样,原来我是傻子。原来是这样,原来我是傻子……空姐在他身边关切地俯下身来:"先生,您不舒服吗?"他想:真的是顺手吗?

在中环,他的手机丢了,没有手机里的通讯簿,他发现自己记不起她的电话号码了。忘了就忘了吧,像从手腕上揭掉一张创可贴,轻微一撕便觉痛。

他们后来还是见过。四五年后,在异乡,不知道谁先看到谁:"咦,你也在这里。"两人都很高兴,便一起去吃个饭,饭桌上她一如既往,滔滔不绝,忽然插播一则简讯:"哦,我结婚了。你呢?"西兰花正在这时上了桌,堵了他的嘴。

饭后,他们抢了一会儿账单,他抢赢了。看他从钱包里掏钱,她蓦地说:"你知道吗?有一段时间,我真的很喜欢你。"这一刻的安静,像闪电一样劈过。她的手机,大叫起来,她一看,"我老公。"

"喂,我在和朋友吃饭……镯子给我买了没?……不,我要,我就要。浪费我也不管。呜呜呜,"她模拟童声的哭泣,"你对我不好……"她腕上的一堆手镯,丁零零撞起来,转眼她又笑起来,"讨厌。"

从郎索双钏,是一个多么妩媚的姿态,却与他永远无关了。机场的那一刻,是她最真情流露的刹那吧?有人说过,能够爱一个人爱到向他拿零用钱的程度,那是严格的考验。

他终于承认,这是比骆驼穿针眼更艰难的考验,他没有通过,因此,错失天堂。

悟·误·物

你有最喜欢的食物、最心爱的人、最欢喜的时刻吗？有最深的恐惧、最沉重的恨、痛苦到求死不得的瞬间吗？是完全超出你的想象、你的预料、你的人生体验吗？

小陶马

那一年——我要借助其他的一些事才能回忆那是哪一年——暑假,他去了西安。

开学后的一个晚自习,他走到我桌前,轻声说:"出来一下好吗?"

那晚,月色极清极明,我们走在小径上,一前一后。一阵阵风来风去,路旁的树丛时摇时定,仿佛波光潋滟。我的脚步声,和他的脚步声,合辙押韵。隔好久,他说:"给你。"

一匹小陶马,安静地卧在他的掌心,我慎重地抚过它古铜色的皮肤,一寸寸都是温柔与无邪。

我问:"给我的?"

他说:"你不要?"

年轻时,"爱你"总是难以说出口,这一刹那,我明白这就是爱了,月光下美丽的小陶马。

以后的日子，每夜临睡的时候，我都会把小陶马紧紧地贴在心口的位置上，良久，它在我怀里渐渐温热，像一颗鸡雏待出时分的蛋，藏着最温暖的小秘密。

那一天——那是必然会有的一天，他艰难地想要说什么，其实不必开口，我已知道。他沉默半晌，躲避我的目光。我只在心里说，不哭不哭。最后是我先说："没事，我走了。"

初恋来的时候，亦曾如火，但到底要把感情付之一炬。火焰中，他的信和照片成烟成灰。然后我看见了小陶马，它浑不知发生了什么，美丽如昔，却冷得像一块冰。我忽地怒从心头起，用力地把它摔向地面。

并没有我预想中那般惊心动魄的巨响声，它只发出不大的声音，倒在地上，乍一看去，仍然完好无缺。直到我拾起它，碎块才开始"啪啪"地掉下来。它依然有着驯良低垂的目光和光洁的肌肤，却永远只有三条腿了。

我的泪水终于掉了下来。

哭完了，还是只能找来扫帚和拖把，清理残局；还是只能在日后的时光里，一点点修补我受伤的心。而那匹三条腿的小陶马，我叹口气，把它搁在抽屉里了。

再后来，就毕业了。我请了几个男生来帮我运送行李，杂物乱七八糟散了一地，一个男生弯腰捡起一件物事，"咦"一声，"这是什么？"

我愣一下，又愣一下。第一个"愣"是记不起我为什么会收藏一匹三脚马，第二个"愣"是惊奇我竟然会记不起。

我还来不及感慨什么，那个男生就说："坏了，不要算了。"

我说："好。"

所有的行李都已装上了车，我最后一次在门口向室内回望。夕阳从窗口

直射进来，照在小陶马身上。它躺在大堆旧报纸上面，一身的灰尘，偶有光亮的地方，那是方才男生的手印。而它仍然是美丽的，就好像什么也没有发生过。其实，是真的，什么，也没有发生过。

我与小陶马，自此缘尽。

老人与花

  他的门前，有两株牡丹花，都是他亲手植的。在春天，红的黄的花朵大篷大篷地开放，每一个走过的人，都忍不住停下来站一站。这两株牡丹花，有多少年了，没有人知道。

  路过的人常常会看见他，坐在花前的阳光里，微微有点睁不开眼，脸上淡淡的笑意，还有一抹说不上明显的惆怅。此时人们注意到他的头发已经全白了，像雪。

  这花真美啊！听到行人的赞美，他的笑容像一个骄傲的父亲。

  有时，邻家的主妇拗不过小儿的要求，来讨一朵花。他总是笑眯眯地点头，很快地起身，仔细选了一朵最好的，递过去。不过，这种情形是很少的，大家都知道这花是他的宝贝，谁也不敢妄动。

  花是一年比一年盛，他却一年比一年老。终于有一年，春天到了，他却卧床不起。他叫老伴把向花的窗子打开，儿女们都说病人不能受风，他也就不再坚持。老伴安慰他,病好了再说。

他再也没有看过牡丹。

追悼会开的时候,是冬天。他的儿子想供几朵牡丹在他灵前,找遍了整个城市,满是象征爱情的玫瑰,只得作罢。他的女儿们用黑纱在他的遗像四周挽了一朵一朵的花,也不知像不像牡丹。

他的住房是为他配置的,他去世后,家属随即迁出。他老伴跟他生前的故友亲朋说,那牡丹,谁要就搬去。没有人去搬。

房里住了新的主人,但是在春天,大朵大朵姹紫嫣红的牡丹们仍然竞相开放,每个走过的人仍然会忍不住在花前站一站。这两株牡丹花,还会开多少年呢?也没有人知道。

不知道这些看花的人还会不会想起他。

二蓝这个颜色

到感叹《同学少年都不贱》的时候,张爱玲笔下的赵钰已经老了,混得很惨,可是她年轻时也风光过,"穿着最高的高跟鞋、二蓝软绸圆裙……白绸衬衫是芭蕾舞袖、衬托出稚弱的身材……"

"二蓝"这词生得很。一查,原来"种蓝成畦,五月刈曰头蓝,七月刈曰二蓝"。"蓝"是蓝草。但我知道蓝草是绿色的,不然岂会有"春来江水绿如蓝"之说?而白衣绿裙简直有生芹菜的涩、带药气。

幸好青出于蓝,布料"浸入蓝靛缸内染色,染液原料是蓝草制成的土靛。染第一遍为月白,第二遍为二蓝,三至鸦青。"赵钰的裙子便是二蓝、整幅料子剪成大圆形,才是战后的乱世佳人。

月白、鸦青这名色现在都不大用,前者想是极浅微晕的冰蓝月色,后者则深墨蓝如鸦羽,闪着镀铬的寒光。二蓝,不深不浅,不上不下,显然就是蓝的正色,太老实了,甚至形容不出来。清少纳言在《枕草子》里头也提过二蓝,那

是日本的平安朝时代的事了。

张爱玲是爱蓝的,她说:"蓝布的蓝,那是中国的'国色'。不过街上一般人穿的蓝布衫大都经过补缀,深深浅浅,都像雨洗出来的,青翠醒目。我们中国本来是补钉的国家,连天都是女娲补过的。"而那被女娲补过的天空,在沈从文笔下,是"正蓝得同二蓝竹布样"。想是北国冬日,干冷无尘,二蓝,也就是举头处那最高最远的天蓝吧。

既然是国色,当然无贵无贱。读书人穿洗得泛白的青布长衫,小康人家过年是内外三新的蓝布棉袍,封疆大吏家也常就一件青缎马褂。蓝得这么普遍,是给不卑不亢现身说法。《连环套》里的药材店老板,是有钱人,给霓喜戴了一头黄哄哄的金首饰,也只穿一双二蓝花缎双脸鞋。当下我想起《儿女英雄传》里,十三妹闪亮登场,一双二蓝尖头绣碎花的弓鞋,那大小正好二寸有零不及三寸。

我第一次听说"二蓝"这词,这颜色大约也没了。肉眼未必能辨,但化学染料染出来的蓝,一定与板蓝根染出的不是一回事。我上小学时开运动会必穿的一条蓝裤子,到底不能与江南水乡的蓝印花布相提并论。现在说到蓝,大部分人想到的,只怕是牛仔裤的水磨蓝。

而二十世纪四十年代的旧上海,那么海派的城,肯穿二蓝的人也不会太多吧。红玫瑰王娇蕊穿曳地长袍,绿得鲜辣;教员吴翠远穿滚蓝边白洋纱旗袍;白流苏初见范柳原,只一件月白色蝉翼纱旗袍,勾引得这么含蓄;准备色诱权奸的王佳芝,着电蓝水渍纹缎齐膝旗袍,真正艳光四射,是落了重本……一件又一件的旗袍。有例外,是爱上父亲的小寒,穿孔雀蓝衬衫与白裤子,男孩般潇洒。这些活色生香的女子,如何肯穿二蓝这么乡土呆板的颜色。

甚至包括张爱玲自己。她战后在香港买广东土布，最刺目的玫瑰红上印着粉红花朵和嫩黄绿叶子。乡下也只有婴儿穿，她却带回上海做衣服，仿佛穿着博物院的名画到处走，遍体森森然飘飘欲仙。真是时髦前卫。

然而出国三十年后，再回头看她心目中的夜上海，她记得的，却是二蓝。二蓝这个颜色，名字虽土，却像小二黑或者二妞，惟其平凡，才最中国，绵延千年。

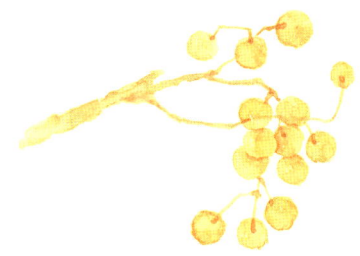

姥姥的蚊帐

1962年,我妈第一次走出小乡村,背着被褥卷,也许还拎了一土布袋热红薯,搭汽车、转火车、再搭汽车,从河南出发,去武汉上大学。半个月之后,她写信给她的妈妈、我的姥姥:"同学们都有蚊帐,我没有。"姥姥回信:"蚊帐是什么?"

——有一部小说叫《醒世姻缘传》,故事发生地不是河南就是山东:"……原是湖滨低湿的所在,最多的是蚊虫,若是没有蚊帐,叮咬的甚是难当,终夜休想合眼。就是小玉兰(丫鬟)的床上,也有一顶夏布帐幔。"数百年过去了,我妈和我姥姥的日子,比不上书上的富家子。

我妈在信里详详细细给姥姥讲:"一种很稀很稀的棉布,和床一样长一样宽,高度比两张床之间的距离多一些。"没尺子,估计她用"cm"做单位,姥姥也不懂得,我妈是用线量的,三根长线就是三个尺寸。

没画图吗?蚊帐有一面是要开门的——我想象出每晚从帐下钻过的狼狈,

不画图怎么说得清？已经荣升姥姥的我妈，戴着老花镜在穿针走线改造购物袋，不看我，口气里有小小的得意："当然说得清呢。姥姥可不是你，比你明白多了。"

就这样，那年新棉花下季的时候，姥姥纺线、织"很稀很稀的棉布"、裁剪、缝纫。总之，暑假结束，我妈再上学的时候，行李里有她小小的自矜：她，也有蚊帐了。

我和姥姥的蚊帐扯上关系，是三十年后的事。那几年，我家三姐妹相继考上大学，三度约车治装，是笔很不小的开销，到了我，一切因陋就简，能省则省。搪瓷脸盆是掉漆的，枕巾其实是毛巾，还有这一床蚊帐，我妈给我的时候千叮万嘱："这是我上大学时候，你姥姥给我做的，你爱惜点儿。"

我接受它，像五四文青娶指腹为婚的童养媳，打心眼儿里就不想要。它小，和单人铁架床严丝合缝着，本来就狭小的床铺，这么密不透风一笼，我恰如被抢亲的祥林嫂，被五花大绑在花轿里，轿门一开，人就倒出来；它孔眼大，疏疏落落像蒸馒头用的笼屉布，充满了"只防大蚊不防细蚊"的君子作风；最重要的是，它太旧了，土布已经灰得发黑。有生命的事物都会面临死亡，雪白的棉桃此刻骸骨生虫。它在我头顶上，穹庐似天，阴阴欲雨。全寝室女生的蚊帐都洁白如雪，只有我的，毫不客气地给社会主义抹黑。

有一次，一个外班女生来寝室逛，我听见她向人打探："那是谁的床？看着好脏。"

脏？我很愤怒，却没法向人解释：它不是脏，它只是积了太多水洗不净的历史尘埃，是故纸堆、旧窖藏、米烂陈仓的色调。

它很快就被拉了大口子，大概是被我一屁股坐上去了，布质已朽，经不住我的吨位。我带回家给我妈过目:确实不堪用了。全无心肝地弃之。

直到现在,我才意识到,我抛掉了这世上最后一件沾有姥姥手泽的事物。

大学是不是非得有一顶蚊帐?我妈当年的行为,算不算虚荣心作祟,和"00后"们向家长要 iPhone、iPad 是不是一个性质?我猜我姥姥没想那些,她的想法很简单:"我们没有,这不丢人,有也不是啥光宗耀祖的事。人家有,我妮(女儿)也可以有。"输人不能输阵,在她能掌控的世界里,姥姥尽她所能,竭她所有。她的爱与尊严,全在这一针一线里。

我妈,从学生到人妇人母,从武汉到东北再到武汉,走过多少城市又换过多少住所,八千里路,云来月往,她一直带着这土布蚊帐。到最后给了我,是希望它发挥最后一次余热吧。它做到了。物若有灵,也算死得其所。

而我,长到很大,才知道我家其实一直很穷:两边老人,三个孩子,无数沾亲带故的农村亲戚。但我从不曾感受过穷——如果穷就是破烂,就是一无所有。该有的电器、家具我家全有,家具是我爸做的。该有的四季衣物我也全有,是我妈做的,姐姐们穿剩了给我,不断短了又加长,我妈硬有本事把它处理成华美的绲边,像复古,像 vintage。我的大学同学记得我背过的牛仔书包,时髦得紧,也是我妈的手工。她为我们打理一切,正如她的母亲之为她。我物质上明明是贫乏的,我却从来不曾感觉到寒酸卑微。贫穷不是耻辱,但活得不体面是。展示匮乏,如同展示结痂的创口,非我家风。

现在我也做了母亲,不会任何针线活,我妈安慰我:"你会写文章。"我唯一的骄傲是,我与我的母亲、我的外婆一样,都是非常勤勉的女子,愿意勤扒苦做,只为了让这人生更丰盛富饶。

是的,姥姥的蚊帐、我的文章,都是我们能给子孙的,含笑而略略酸楚的爱。

白驹过隙不单单是种夸张

那是我一生见过最快的事物。

我一直想用一个字眼、一个形容词、一个贴切的比喻,来表达那一刻我的震撼,解释何谓速度,并且证明白驹过隙不单单是种夸张。

我始终做不到。

那天我在衡阳东高铁站等车,身边还有几个稀稀落落的乘客。听到一声火车的嘶吼,都以为是我们正等的那一班车,于是合上书、放下手机、提起箱子……它瞬间出现了,却是在相邻的一条铁轨上,风驰电掣而过。

只离我们三五米,那辆高铁发出巨大的轰鸣声,像浸透水的海绵,无限扩张,强行挤占耳郭的所有角落,把耳朵撑疼了。平常听惯的脚步声、人声、风声、鸟声,也许是高压线路发出的一种轻微嗡嗡声……全扫除一空。火车的轰鸣如大石板般完整地压下来,世界却因此有一种奇特的安静。

我第一次离行驶中的高铁这么近,想看清楚它。但视线刚落到一点,已经

"唰"一下过去，另一点被送到我眼前，还是什么也没看到，这新的一点又消失了。就感觉有什么东西在眼前飞速地层层递进，色彩与线条相互叠加，狂飞乱舞，又嗖嗖嗖地，全不见了。

原来高铁近旁有这么强大的气流，排山倒海般向我们推过来，站不稳，想倒退——感受还不及传送到大脑，大脑的指令还不及发给神经，在身体做出响应之前，这班高铁，已经开走。

我们这群被抛在站台上的人，彼此对望，都一脸魂不附体的表情，头发、衣服被气流吹得乱七八糟。一个女孩子打破了沉默，对着自己的同伴，发出类似喘息又像尴尬笑声的"啊哈、啊哈"，却说不出话来。我知道她和我一样，惊得不知所措，没法从空白脑海中调出该有的情绪：震动、惊恐、诧异……都是，也都不是。

我没看到那辆高铁的任何信息，多长、什么颜色、什么班次，也没看见任何一张窗边的脸孔，它实在太快。我不知道它是八节车厢还是十六节，一节车厢25米，全长也就是200-500米。按300公里一小时算，它在我们面前，至多过了5秒，可能只有2秒。

顷刻间，神龙首尾皆不见。

很快，我们那班高铁也来了，缓缓进站、停下，我们有序上车，它又缓缓开动。我却一直想着刚刚那一班：怎么能这么快？该怎么形容它？

第一个反应就是：像飞一样。但鸽子、麻雀都飞得不太快，当它们拍拍翅膀，从小路上飞到最低的枝丫上，能看到它尾羽和翅翼的每个动作。

可能和飞机差不多？从地面上看到高空的飞机，只是缓慢移动的小点。身在飞机上，周围没有对照组，又感受不到。倒是飞机着地后，机身巨震，看到舷窗外大地迅速倒退，能强烈地意识到它的高速——我查了一下，飞机的地面滑行速度，不能超过规定的50公里每小时。

F1赛车呢？第一，我从未在现场看过赛车；第二，赛车的时速只能偶尔超过300公里，大部分情况下只维持在200多公里的时速。

像奔驰的骏马、疾翔的雄鹰？别侮辱高铁了。

我终于承认，我无法准确表达它神一般的速度。它是标杆，万事万物可以跟它比对，它却找不到比拟的方向。我能赞美一个人"快得像高铁"，但高铁快得像什么？我想不出来。它是我肉眼见过的最快速的事物，而"最"，便是顶点、是巅峰、是最高的山脉、最深的海谷，是大部分人只听说而无法亲历的极限值。

你有最喜欢的食物、最心爱的人、最欢喜的时刻吗？有最深的恐惧、最沉重的恨、痛苦到求死不得的瞬间吗？是完全超出你的想象、你的预料、你的人生体验吗？

它一定会带给你全新的最深刻的感受，让你知道自己视野有限、生活经验平庸；它告诉你宇宙的浩大，所有不可能的事物终将发生。这一刻你的身心震撼，是过去将来、天上地下，都不会有的。

——多么像，我们渴望中的爱情。在你的生命中它出现过吗？

别说不知道。如果你亲历它的来临，正如我目睹高铁的来去，你一定知道。

大蛇

游泳课已经迟到,我带着女儿慌忙往里赶,经过门口时只见好多人进进出出地围观,有人不住口地大声嚷嚷:"吓死人了。"也来不及驻足。

她从儿童通道上去后,我出来也打算经过成人通道上去。门口还是人头攒动。我问了一句:"怎么了?"

那人看我一眼,像吐露重大秘密似的轻轻说:"蛇。"

从前我家楼后有一片空地,家家户户都开垦了种菜。有一个下午,一条青色的蛇,在菜园与我们劈面相逢,它夺路而逃,我爸提着锄头狂追。到晚上,它变成桌上的一锅汤。我爸最爱我,频频叮嘱:"你不要吃肉。你先吃里面的蘑菇。"我们都笑他:城里哪会有毒蛇。

什么也看不到,只看见游泳池的工作人员拿着个东西牢牢地撑在那里,腿站得很靠后,一副如临大敌的样子。是门边的水泥地,一目了然的一片灰白,不像蛇能藏身的地方。

有人说:"是跑了吧?"

有人断然答:"没有,在下面。"

站住看了一会儿,像电视被按了暂停键,场景、人物、工作人员的身姿,全画面卡死一动不动。我还是去游泳吧,一转身——小道上来了一排消防员,我顿时来了兴趣。

一个消防员拿出一根长长的像晾衣竿一样的叉子,另一个接过工作人员的锹。工作人员问:"你们不会把它搞死吧。"消防员答:"不会——死了不也就算了。"第三个展开了一个口袋。像空气被惊扰了,墙边的阴影里闪出一片金花,是蛇的身体,轻轻扭转着。蛇身好粗,有矿泉水瓶那么粗,我还伸出手臂比了比。围观者们发出惊叫声,都连连后退。

越露越多了,上半身是灰灰的鳞甲,搭着交错的人字形黑纹。不知为什么是梭子形,从颈部往下越来越膨大,中部至少宽出颈部两倍,又渐渐收窄。神奇的是,它的尾部是金色的。我开始以为是阳光带来的错觉,但真是一条灿金色的蛇,上面竖了一条粗粗的黑纹。

一位女士惊叫:"它大肚子呢,是怀孕了吧。"

我一凛,马上想起来蛇是卵生动物。果然有人纠正她:"是刚吃过饭吧。"《小王子》的第一幅插图,就是一只吞了大象的巨蟒。

第四个消防员拎起它的尾巴,大蛇无助地扭动着。我默默在心里丈量它的长度:好惊人,总得有两三米。

松开了锹,原来它被卡在了下水道的下水孔里。这是一座小朋友云集的游泳馆,它无意伤人,只想迅速遁入黑暗世界,却不幸被卡住了。它一定在心里想:减肥要趁早。

消防员把它拖了出来，它三角形的头，小得与身体不成比例，就像动画片上的一样。原来无毒的蛇，也可能是三角形的头，我想。——谁说它是无毒的？完全是我一厢情愿。

看完热闹，我心满意足地去游泳，在池边遇到抓蛇的那位工作人员："是什么蛇？"

他迟疑了一下："花蛇。"

黑色的蛇叫黑蛇，白色的叫白蛇，有花纹的就叫花蛇。我当下给它起了名字：小花，雅称"花娘子"，范例是小青与白娘子。

到家后我上网一查，才发现错得离谱：它就是大名鼎鼎的五步蛇，尾巴上的黑纹，其实是"尾尖一枚鳞片尖长，称角质刺，也叫'佛指甲'"，又名蕲蛇。"永州之野产异蛇，黑质而白章；触草木，尽死；以啮人，无御之者。"柳宗元的《捕蛇者说》说的就是它，捕蛇者的父亲、祖父皆死在它嘴下。"今吾嗣为之十二年，几死者数矣。"

它胆小，反而更具危险性，一旦疑心人类欲行不轨，会立刻先行进攻。如果，有一个小朋友看到了它，惊慌大叫、大哭、逃走，多半会吓到它，那就……连想都不敢想。

但是，它那么美。阳光下的它，那么自然、柔和，一扭一扭几乎带点慵懒的味道。消防员会怎么处理它呢？从他们拿蛇叉、口袋来看，恐怕没打算直接歼灭它。一查，五步蛇是国家二级濒危保护动物，我放下了心。会不会带它到很远的地方，到城市看不到的地方放生？

是的，它对人类有危险，但这地球是它先来的，身携毒液是天赋，猎杀小动物是天性，放毒自救是本能。并非它侵占了人类的家园，是房子越盖越多，孩子越生越多，挤占了它的地盘。我想起它鼓胀的腹部，里面也许是只老鼠。它吃过多少老鼠，让多少人避免了鼠疫的危险。单从环保的角度来说，它的意义大过大熊猫，后者是靠脸吃饭，它却是靠"才华"。

之后没多久，我读到田园作家陈冠学的《访草》："近年来颇有抱持生态学观念的学者或作者，呼吁不要打杀毒蛇，以维持物种不绝及生态平衡。我认为这种观念跟要保留天花病毒品种同是走火入魔，是无知的天真，极要不得。不涉及实务实事的时候，无知和天真都是很可爱的，一旦涉及实务实事，这两种德性都极有害，只会平白制造不幸和灾殃。"

无知和天真，或者说是，妇人之仁。

我唯一的自解是：陈先生住在多蛇的台湾乡下，司空见惯；我住在环境已被破坏得相当恶劣的城区，几十年见不到一条蛇。他多次蛇口逃生，对这种围绕在自家附近的冷血杀手深恶痛绝；我与蛇只正面交锋过一次，是蛇没能成功从我口里逃生；《访草》是1994年出版，又是20年过去了，以中国人通吃天下的作风，毒蛇恐怕真剩得不多了。

而我私下里的小念头是：一般的五步蛇只有150cm左右，在人挤人的世界，这一条能匍匐于地，不为人知地悄悄长到两米多，一定是很不容易的事呢。蛇到中年，挨过了很多很多的辛苦日子……

莫待退休才读书

能有书房，是多么奢侈的事，但我得惭愧地承认：我的书房，正在渐渐变成——储藏室。

文青大抵都读过伍尔夫著名的那篇《一间自己的房间》，说的是女性写作之难，难在得有一间自己的屋子，外加一年500英镑的固定收入。简·奥斯汀从来都是在厨房的桌子上写，人一来就收起来，带着点儿微窘的笑意说："只是在二寸象牙板上写着玩儿。"不值得誊抄在珍贵的纸上。

我在多子女家庭长大，何止没有自己的屋子，小时候连一张自己的床、自己的衣柜都没有。初高中后才有自己的抽屉，也是为了放试卷，没有锁，任何人都可以拉开——当然我也可以开他们的。

那时候读到郑逸梅、包天笑之类的民国文人的作品，说到书房、园林和不被打扰的时光，简直有一种"不敢高声语，恐惊天上人"的自惭形秽。鲁迅的书房还是在楼上，他工作的时候，老婆儿子都只能待在一楼。

大学起我开始慢慢淘书，周末在旧书店一蹲一下午，想着有限的资金如何做最优化处理，无限的文山书海怎么淘出金子来。每次搬砖一样搬一堆书回来，积书成塔，书就这样在我家长住下来。

姐姐们渐次出嫁，我写文章写得小有声名，家里重新装修的时候，我爸专门为我度身打造了六个书架。我一直记得他仔细地量书的高度，把每一排的空间算得极其精准：保证书放进去绰绰有余，上面又不会有多余的空间。

那段时间我很阔，稿费相对于当时的书价，让我很容易就能一掷千金，我大量地买，大量地读，大量地写。我每天浸在我的书房里，没事的时候，哪怕看看书脊，好像也多知道了什么。爱花的人，只是闻到花香也是一种安慰。

后来我有了自己的家，买家具的时候其他的我都不关心，就是一定要买通天彻地的一面墙书架。选的黝黑色，与全堂家具都不搭。但我固执地认为：书架，就应该是这个样子的。

我收到的赠书慢慢多了起来。从前有人来我家，问："你的书都看过了吗？"我会有点儿不高兴，觉得这是一种无心的侮辱。那之后，我得承认："不，我自己买的我都看了。"不是我主观挑选的书，我不负责。

也是从那之后，我不怎么送书给人了。我不看赠书，相应地，别人也不会看我送出去的书。秀才人情一本书，但自来好书如好女，把好女子明珠暗投，把书送给不看书的人，都是糟蹋。

我买书的步伐已经极大极大地减缓了，但我的书还是有增无减。爱书人都有饕餮之心，只进不出。这本书三年没读了，拿起来翻翻，内容还是不错的，兴许哪天还会读。三十年不读的书呢？更不舍得扔了，那里面有写在字里行间的记忆。

爸已过世，我又回到老房子住。我的靠墙书柜垮了一层——是我的错，它好看，但不是实木的。爸做的书架还屹立不倒，但他没想到，现在的书已很少有32开、16开大小的了，至少也是大32开，只能平着放在格架上。

而我……收藏了国图的网站，有了Kindle，要查资料的时候，更习惯用百度。我还看纸质书，但这主要是出于一种阅读习惯。我看着书房里一天一地的书，内心开始有焦虑感：还有很多书，我没有看过。后来就漠然了。

有些书我为它们放生了。我在微博上做过"赠书"活动：有意来函，自付快递费，我就寄个四五本出去。每年我也把孩子不再看的绘本、教辅书整整齐齐叠好，放在路边，也许会有一位家长赶在清洁工来之前经过，挑几本自己喜欢的书呢。话说我有好几种不同版本的《小王子》《飞鸟集》《爱的教育》，我都只留了一本，其他的散出去了。

但即使这样，即使这样，我的书房，也越来越像一个储藏室。为了孩子学习方便，我把电脑移到卧室，相应地，在书房的空地里，我放了健身车、鞋柜、打算捐出去的衣服。我隔几天才进出一趟，把看完的书放回去，找出要看的书。

很难找到一段完整的时间，在书房里静静读一本书。我读书的地方往往是接送孩子的地铁上、孩子培训班外的走廊上、孩子入睡后的电脑前。苏东坡说过，看书的三个地方是厕上、马上、枕上。到现在，地点有异，性质不变。

我是劳碌在外的人，书房是我的大好河山，每本书都是山清水秀又一村。我拥有它们，像帝王，拥有全世界的疆域。

每天忙于治理国家的帝王，也偶尔会想：等我退休了，我会饱览大好河山吧。

嗯，我偶尔也这么想：等退休了，要把我书房里的书，都看完。

俄罗斯套娃里的哭脸

俄罗斯套娃一层一层揭开,每层都是圆胖胖的木娃娃,一模一样的欢眉喜眼,一模一样的花头巾,一模一样的七彩大裙子,谁都知道,她的裙摆下还有一个她,环环相扣,像永无穷尽……

摊主说:"马上就是最小一个了,这个不一样,是哭脸。"作势要拧开。

她脱口止住摊主:"不要。"呆一下才意识到自己的失态,"我……买了。"

她从摊主的眼里看到自己的脸:她,哭了,就像俄罗斯套娃里面最小的那一个。

是和同学一道逛小商品市场,没有人发现她的异样,没人听见她在心里说:"我到底要不要活成妈妈的样子?"

从小人们都说她是妈妈的翻版,一大一小两个人走在街上,路人惊呼是大小仙女,她到了初中,大家改口说她们是姐妹花,她心里得意极了。到了高中后,妈妈第一次去开家长会,同桌冒冒失失和她说:"那是你妈妈吗?长得

和你一点儿也不像。"她一怔：怎么可能？正想反驳，才发现，妈妈158cm，她168cm；妈妈精致小巧，她大开大合；妈妈说话嗲嗲的，她却是标标准准的女汉子。以前的相似，其实多半来自衣服和发型，妈妈爱把她往淑女路线收拾而已。

对她的教育，妈妈是很上心的，却奈何像在大海里养熊猫，千辛万苦不见成效。四岁，妈妈带她去学芭蕾舞、古筝、英式英语，结果呢，六岁那年，她跟着小男生去跆拳道馆，立刻着了迷，吵着要学。八岁，不知道发生了什么，跆拳道教练亲自到她家来游说她走专业道路——爸妈极力克制，才没把教练打出去，转头就把她的芭蕾舞课从一星期两节加到四节。古筝她坚持到五级，死活不学了，讲道理不学，谈条件不学，妈妈最后问她想学什么，"打架子鼓。"然后，她自己看美剧，学出了一口美式口音……

这些都不重要，真正的分歧在高中，毫无疑问，妈妈让她放弃物理与生物。"为什么？""你是女生，学理科后劲不足。还有，生物将来没有用。"她非常诧异："说不定我将来搞生物的。"妈妈说："幼稚。"

那次吵架，伤了两个人的心。

她早知道妈妈给她安排的是，学金融、会计，好就业，可以赚钱，也可以退一步，成为家庭的贤内助。妈妈就是做会计的，现在手上有几家小公司的账，收入还是体面的。还有，她早知道爸爸妈妈是青梅竹马，爷爷与外公是一个圈子里的人，两边大人先相中了彼此的儿女，一早替他们规划了人生，读大学、选专业都在这"规划"里。然后，妈妈经常向她吹风，说A叔叔家的小哥哥，不高，成绩真好；B伯伯家的大哥哥，有点儿秃顶，好在男人不看长相，早早就事业有成；C爷爷家有个大孙子，没见过面，但人人都说他很优秀……早有姐姐们告诉她，这都是妈妈替她海选过的未来夫君，最门当户对、知根知底、绝对都是父慈子孝的好人家，没有一个会家暴、酗酒、赌博……

但她在一本书中看过这样一句话：那些都是很好很好的，只是我不想要。妈妈有没有想过她要什么？她不是一张白纸，用来供妈妈画自己的蓝图。

吵到最后，是爸爸出来解围。爸爸很恳切地跟她讲了自己曾经青春时的叛逆，那些不该犯的错，那些多走的弯路。爸爸向她吐露了个小秘密：其实，他的第一学历只是大专，大违祖父的心意。因为他当时与父母赌气，就不肯好好考。

她惊呆了，赶紧问："对后来有影响吗？"

爸爸反问："你说呢？"这些年来，爸爸一直在拼命地考文凭和证书。

爸爸说："如果你有明确的目标，没问题，爸爸妈妈一定全力支持你。但你没有是不是？那么，对你来说，所有的路都差不多，有几条路，比较平坦，我们还能送你一程，帮你一把，有什么理由不选那几条呢？"

……说得对呀。她就这样被说服了。

高三还没到，爸妈已经在看招生目录，首选本省的高校，专业也挑定得差不多。只有一个问题，她真的不喜欢会计工作，一点儿也不喜欢。

知道父母的打算后，她有意识想看一些这方面的书，也曾关注过妈妈的工作，但那些琐细的进进出出让她很烦呀，一天一天坐在电脑前面写写算算，真是无聊，她可是小学口算从来没拿过100分的人物。她不知道自己喜欢什么，但她愿意与人打交道，对大自然有兴趣，追求更高、更强、更快，这一些都跟会计完全不沾边。

是的，妈妈的半生，是安宁、恬适的，但是，活成妈妈的样子，就一定能得到同样的幸福吗？也许不，至少妈妈的闺蜜们，也并非人人如此。

一代一代，也许父母们都希望儿女和自己一模一样，外婆如此盼望妈妈，妈妈如此盼望她，太外婆可能也盼望过外婆。但是，当她们年轻还小，还是套娃里面最小的那一个的时候，哭过吗？后来是真的享受到了甜蜜，还是觉得哭也无用？

爱，是保护，也可能是窒息；

设计，是一种匠心，也割除了其他的可能性。

她不是木偶匹诺曹，不能由创造者任意摆布。而就算是匹诺曹，也要历险过、受苦过、在鲸鱼肚子里待过，才知道属于自己的未来是什么。

这世界，她只来一次，她想盛情绽放，想尝尽各种滋味。她能容忍自己犯错，但接受不了自己连犯错的机会都没有。一生都正确多么无味，每件衣服都穿得那么得当其实很土。博出位有什么不好，就算是笑柄又怎么样，有人说学生物的没饭吃，搞不好会计岗位还会被人工智能取代呢。

有些话，她想，她还是应该认认真真和妈妈说一下。

母子一场，只余一张照片

　　她的手一直没有松开那张照片。

　　一直没有。

　　照片上有一个敞着口的红色纸袋，里面胡乱塞了一团紫红色的东西，要仔细辨认，才能看出，那东西可能是个毛巾被，中间有半张红彤彤的小脸和浓密的胎发——他，已经死了。某一个中午，他就以这样的形态被放置在广州弃婴岛的门外。而她，是婴儿的母亲，某种意义上，也是杀害婴儿的凶手。

　　此刻，媒体在逼她面对孩子的死相，何其残忍。她却说："谢谢你们，"哽咽着，"我，只看了他一眼，没给他拍一张照。我的孩子，来世上一遭，只有这一张照片……"

　　她与丈夫都是外来务工人员，她流产过三次，第四次，多么珍贵，她给未出世的孩子起小名"小金边"，取"每朵乌云都有金边"之意。但乌云，不顾人的期望，黑压压地盖顶而来。临盆在即，她被告知："孩子有问题。"什么问题？孩子呱呱坠地后，答案摆在他们面前：唇腭裂、唐氏综合征、未明原因多脏器畸形。能治疗吗？基本上不能。会好吗？基本上不能。能活下来吗？基本上……不能。她问："那我们该怎么办？去找谁？谁能救我们？"现代医学沉默不语，连苍穹也寂然无声。

绝望时刻，她看到了报纸上关于弃婴岛开放的新闻，抓住空气却错当作那是希望。她泣不成声："我不想他死。我看报纸上说，弃婴岛有暖箱、有氧气、有医护人员，我们是没有办法了，我想送过去，说不定有一条生路……"

那时，孩子出生才十四个小时。

山崩地裂般的瞬间，他们来不及思考，来不及判断，心慌意乱到甚至没有细看新闻。大难当头，他们像野兽般，凭本能行事。丈夫抱着孩子去了，他不知道弃婴岛仅在晚间开放，也不知道孩子已经死了。死亡时间连警方都无法判断，到底他的罪行是弃婴致死还是恶意抛尸，一时半会儿还定不了。

这个小小的生命，在母亲体内孕育了九个月，在世界上停留的时间，却以小时计算。他有哭过吗？他看到正午的阳光了吗？他像一阵烟般消散，只有一张照片，薄如蝉翼，紧紧地捏在母亲手里。

广州弃婴岛关闭之后，当地媒体邀请我去做一台关于弃婴的节目。我在台上，她也在，演播室的大灯无情地照彻一切，我看到她产后的臃肿身形、她化过妆也看得到的黄褐斑、她的哀伤与倔强——她知道这是她唯一发声的机会，她必须为自己代言，说："不，我不是一个狠心的母亲。事情发生得那么快，我和我老公都慌了手脚。我们不知道弃婴岛的开放时间，没有人告诉我们……"

我能感觉到泪水的蓄积，像小虫想爬出干燥的地表。我不知道该同情谁，那个来不及喝一口奶的孩子，还是被噩运击垮的父母。究竟哪一种死亡更残酷？是被不管不顾地扔到门外，还是在家里，死在束手无策的母亲怀里？

作为女性，我早知道优胜劣汰往往以生育的方式展现：每个女性携带的三五百颗卵子，只有1%，会与精子相遇；早期胚胎有15%会自然流产。我见过做完羊水穿刺后，哭成泪人一步步捱下楼梯的孕妇——是什么状况，不敢问，不必问。母子是缘，注定有些缘分虚晃一枪，命运动动小手指，就把世间人捉弄得痛不欲生，它一定笑得很没心没肺。

两个半小时的节目，我一直不自觉地打量她。她没有注意到我的视线，每个没轮到她讲话的时刻，她都专心端详着照片，轻轻地、笨拙地摸过纸面，仿佛指尖触及的，是那个曾经属于她的孩子。她在想什么？如果时间重来，她的选择是什么？不，如果真能重来，不如回到最开始，但愿这一颗精子与这一颗卵子擦肩而过；但愿它们虽然携手、但不曾安家立业，随时间而去；但愿能在最早最早，当孩子还仅仅是胚胎时，就发现不祥征兆，以伤害最小的方式斩断孽缘……

母子一场，只余一张照片。

该如何评判？法律有法律的立场，道德家们会争得面红耳赤，而我，一直看着她，看着她的手，那一双始终不曾放下照片的手。

那条粉红色的男人腰带

大二那年夏天,我在一户人家找到一份看护老人的工作。户主林先生上班前,频频托我多费心,然而老太太只静静沉坐,神色安详,不像是个麻烦的人,我不由疑惑他何以如此郑重。

不料只是一转背的工夫,老太太已经惊天动地地闹起来。她踉跄地奔向门口,所有的桌椅都被推倒在地上,一连串的惊雷,铁门拍得山响,她一声声、凄厉得让人汗毛倒竖地唤着:"儿子啊,我的儿子啊……"

我吓得魂不附体,紧急给林先生打电话。不足十分钟,他冲进门来,大叫一声:"妈,我在这里。"正是盛夏时日,他衬衫上,大片大片的汗渍泛滥开来。老人一把扑过去,伏在他怀里小女孩般呜咽起来。

他搂住母亲,轻言细语地哄着,一只手在她背上有节奏地轻轻拍打,那姿态异常眼熟。我陡然想起,我新为人母的大姐,每次哺乳之后,就是用同样的动作,拍宝宝入梦乡,是那般的温柔与疼惜。老人家终于安静下来,林先生旋即匆匆赶去上班，来不及揩一把汗。

　　同样的情景屡次发生，每次林先生都是第一时间赶回来，也总是同样的关怀与体贴，向来没有一句怨言。我感动于他的孝心，却也觉得实在不值，便在老人又一次发作后，说："林先生，你何苦要这么辛苦呢，现在有很多敬老院……"

　　他不响。我以为他在考虑，更是喋喋不休讲得起劲，他忽然抬头，目光如正午十字街头炽热灼烁的街，低吼一声："你知道什么是母亲吗？"

　　他放缓了口气，"我给你讲个故事吧。"

　　二十几年前，大别山区一个小村子里有一对孤儿寡母。那时，都穷，但人家的穷顶多是歉收的谷子、枯干瘦瘦的空壳；他们家却真是清水漂过、碱水煮过、砂纸打过、连一根多的针也没有的穷。可是儿子还在上学。

　　有好心人劝母亲：孩子大了，放个牛补贴家用，也是好的，还读什么书？劝得紧了，母亲的脸涨得通红。她一字不识，她不会说，也不确切知道读书有什么用。只是，只是她就这一个儿子啊，不读书怎么行？

　　每年开学，儿子把新簇簇的课本领回家。除了包书皮，母亲还会取出针线，把所有的书本重新纳一遍。一针针细密的针脚，连绵不断地穿过书页，那一刻母亲的细致与精心，像每次出门前，给未婚夫纳一双千层底的厚布鞋。

　　学期终了，同学的书都散得七零八落，随风的随风，落水的落水，只有他的书，还硬扎扎的，像块火候正好的、热烘烘的烧饼。

　　儿子一直是成绩最好的学生，在大月亮地里打算盘，母亲听着那清脆流利的、如满田蛙鸣的算盘声，一脸的骄傲。可是，有什么用呢？村里人摇摇头，觉得那母亲痴愚。

儿子初中毕业那一年,天上掉下金元宝来了,一位远房亲戚怜悯他们母子,金口一开,村里唯一的征兵名额给了他。儿子欢欣欲狂,母亲却多了一重心事。

老一辈传下的规矩:男儿出远门的时候,要由母亲做一条红腰带,亲手给他系在腰间,驱邪避凶,求一份吉祥平安。

在供销社里打听了价钱,一尺红布要三毛三,等于11个鸡蛋。她第一次狠狠地给鸡们洒了把白米,然后一天天摸它们胀鼓鼓的屁股。到底攒满了10个——她娘家侄儿却来报喜,侄媳妇生孩子了,她的心轰然一沉,却颤巍巍露个笑脸。

她若不要强,早挨不到这会儿,她不能让人笑她穷,说她不懂礼。那10个被她的手抚得无比圆润光滑的鸡蛋,就这样交到了侄儿粗大的手里。

再攒够了数,供销社里的红布卖完了。那天满天刮着冰冷肃杀的风,她深一脚浅一脚地走在泥泞的乡路上,忽然眼前一亮,地上,胡乱地丢着一块浅粉红的长条布料。

那是邻家的城里表妹,围着的当时顶流行的棉布围巾。一阵风过,围巾飘悠悠坠于地,没来得及捡拾,刚刚经过一头牛,一蹄子把围巾踩进泥地里,"嘶",一个碗口大的洞。城里表妹娇俏地哼一声,走了。

她不知道他的母亲心里是一个惊叹号:多好的一块布,长短、宽窄都合适,又这么结实,穿多少年都不会坏……只是,不知道人家还要不要呢?她不能给儿子留个贼名啊……大冷的天,母亲满头汗沾沾的。

当晚,母亲到了邻家,吞吞吐吐和城里表妹搭话,完全不理会对方越来越明显的不耐烦与不理睬。忽然她衣襟一掀,手里握了4个鸡蛋递到女孩面前,口吃得说不出话来,倒把女孩吓一大跳。弄清来意,她的眉嫌恶地皱紧,手往外挥这个土气卑微的农家妇女："不要了不要了，你拿去吧。"——谁会收她的鸡蛋。

那天回家的路上，母亲每一步都像踏在云端上，第二天才发现，膝盖上青了一大块，都不知是几时、在哪里、怎么撞的，也不觉得疼。

破的地方，母亲细细修补得一丝痕迹也看不出，像鱼儿游过后的水面，澄净无波。母亲就是嫌那红太浅淡，又买不到红染料。

揭下门口的春联，泡在水里，泡出一碗的红彤彤，把围巾浸进去，用力地捏、挤、按、揉，直到双手都有一层褪不去的红。湿透的围巾呈现出重瓣桃花的深重酡红，明知干透了颜色会浅很多，可是母亲已经很满意了。

儿子当兵那一天，母亲掩上门，笑眯眯地取出那条红腰带。儿子一听完，心里就不自觉地反感：封建迷信，都什么年代了。再一看腰带，顿时气不打一处来，那条腰带，竟是新鲜猪肉般的粉红色，哪辈子见过男人系粉红色腰带，笑都要给人笑死。

急怒攻心，他把腰带啪一下摔到地上，随手捞一根麻绳重重地勒在腰间，"我不要！"笑意自母亲脸上跌落，她急了，一把拽住儿子，又说不出什么来，半天才抖出一句："保平安……"儿子恶狠狠地说："被车撞死了，也是我的事。"隐隐听见送兵的锣鼓声渐渐近了，儿子一把推开母亲就走。

那天，往公社送新兵的车翻了。有一个人当场身亡，混乱里，没人弄清那张血肉模糊的脸。消息传来，母亲紧紧拉住报信的人，急问："他腰里，系的是什么？"那人不明所以，随口答："好像是一根麻绳吧。"母亲大叫一声，晕了过去……

林先生许久许久都不再说话。我轻轻唤一声："林先生……"

他默默看我一眼，半转过身去，撩起西服下摆，我赫然看见：在他的腰间，分明是那条已经泛白的、粉红色腰带。

披霞追踪

张爱玲有一篇颇知名的散文——她著作不丰,要找不知名的也不易——叫《姑姑语录》,说姑姑手里卖掉过许多珠宝,只有一块淡红的披霞还留到现在。我无非当作是金是玉,一眼扫过就罢了,前两天却蓦然想到,披霞究竟是什么?

以为迎刃而解,却所有的词典都没收录;资讯泛滥的互联网上尽是"宝塔披霞"——落日、"翠羽披霞"——也许是朝阳。好不容易找到本《九尾龟》,说街上有个满面烟色的瘟生,帽子上钉着一块披霞。那瘟生捐了五品官,登时戴起水晶顶子——这样说来,披霞是水晶了。姑姑的大概是紫烟水晶或者蔷薇水晶。

此谜即解,我心安理得地继续看小说,忽然读到《怨女》、三爷的瓜皮帽上镶着披霞帽正——我差点从座位上跌下来。水晶顶子是官帽制式,可是街道相逢,一定是便服,瘟生头上的应该是帽正,清人习惯在瓜皮帽上镶的一块珠玉。这样说来,姑姑的披霞也是帽正了,一面光滑,反面不中看——那一面是贴着布料的；上头一个洞在中间，正好穿针引线，分毫不差钉在帽子上。

饱读群书的朋友说，"披霞"这词不合中文组词规律，应该是外来语。我再细细筛查，迟至晚清小说里才提过几次披霞，可见之前是没有的。《庚子西狩丛谈》里有一则趣事：当时的驻英大使回国，祖母绿奉慈禧，红披霞送光绪，都是做帽正用。祖母绿远贵于红披霞，但架不住有人对太后轻轻进一句谗言："难为他如此分别得明白，难道咱们这边就不配用红的么？"又一次提醒了慈禧的西宫身世，是着绿的滕妾而不是披红的正室——该大使几乎死于法场上。

有了线索就容易了，寻找发音类似的红色珠宝就是。我抄出宝玉石小辞典来，翻到"P"一栏，目瞪口呆，这世界上竟然有这么多"P"字母打头的珠玉，绝大多数我闻所未闻：红硅硼铝钙、蔷薇辉石、帕德马刚玉、宝塔石、帕拉碧玺……我老虎吃天——无从下爪。朋友多事又提醒我，也许不是源于英文，葡萄就是来自希腊文；而披霞若是粤语或闽语发音呢，贝克汉姆就是这样变碧咸的；甚至半音译半意译如剑桥，到哪里去找与剑桥相同发音的原文？

只剩下乱猜了：红宝石里面最名贵的叫 Pigeon-Blood，鸽血红，身价非凡，送给皇帝也差不多，是它吗？尖晶石是红宝石的"穷表妹"，眉眼一式一样只带三分穷酸气，叫作 Spinel，可是它？还有更便宜的石榴石。姑姑的披霞估价只值 10 元，《金锁记》里七巧送哥嫂披霞莲蓬簪——打发草鞋亲戚的当然不会太贵……我放弃了。这是一桩千头万绪、有几亿个嫌疑犯的谋杀案，合该是千古奇冤。

最有可能的答案，"披霞"就指"红色的宝石"，上可赠君王，下才值 10 元。因为中国古人鉴别宝石，只重视颜色而不注重品质，至多分个软红、硬红，也没有仪器能给出量化的、精确至极的参数。但现在，能够了，而且越来越需要精准,"披霞"这个名字遂失业了。

我将我的考证说给另一位朋友,他非常耐心、真的非常非常耐心地听我说完,问,"知道这个……有用吗?"我瞠目结舌。我其至没有学术目的、我非学院中人,只是一个喜欢读书的闲人。

当然没有用,但,知道是多么快乐。那搜索、那灵光一现的刹那、那与朋友的七嘴八舌,就像吃了一个大的水蜜桃,于是蹲下身来将桃核种在土壤里,我想知道桃花明年怎么开。有一千次机会它不会长大开花结果,却也有一次机会它会,这是魅惑也是期待。我为"披霞"二字,叮叮当当折腾了两三天,终于松弛下来,立刻觉得太阳穴正在突突跳痛。疲倦而安心地,我睡着了。人生的乐处就是,不必尽做有益处的事。

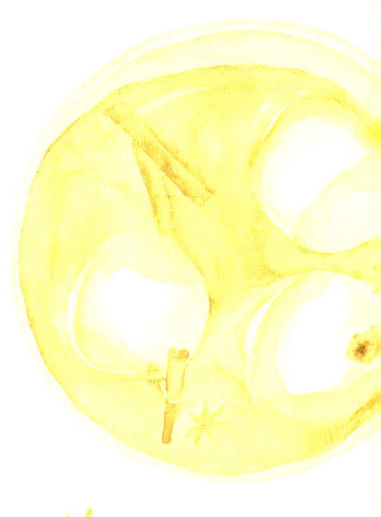

识·食·物

大部分男人，不是美食家。也许要到老了，他们才能懂得，女人亲自下厨代表了什么。可是到那时，女人也老了。

以食物疗伤

食物永远是最好的药物,无论需要医治的是什么。许多年前我看过一部电影,叫《情迷巧克力》,青年佩德罗与一家的小女儿蒂塔相爱,墨西哥古老风俗与中国某些地方相似,小女儿要留在家中伺候父母百年,之后才能考虑婚嫁。为了能和她在一起——哪怕不能睡在同一张床上,至少能在饭桌上面对面——佩德罗娶了她的姐姐。

前厅是盛大的婚宴,蒂塔在后厨,一边默默流泪,一边操持佳肴,泪水滴在食物上,奇迹般像火星一样爆开:糕饼带着泪之微咸,令所有人记起失落的初恋、错过的那一个人、想不起却放不下的有些事,有人小声饮泣,有人大放悲声;玫瑰花瓣鹌鹑是欲,是念,是火辣辣的诱惑,引得每一位饕客的心和肚肠一起翻江倒海,忍不住要宽衣解带,颠鸾倒凤;辣椒火鸡让人人都欢笑,四海之内皆兄弟地相拥起舞……而最神奇的,则是她端上来的巧克力饮料,为何如此独特?因为里面有既绝望又满是希望的——爱。

情郎与姐姐都吃到了,读懂了她的心情。柴米油盐是每个人的日常生活,爱情是美食最重要的作料,美味的,不仅是一块饼、一碗汤,更是做饭那个人满心满腹说不出的话。

食物是最妥帖的安慰。港剧里面,无论是面对生死关头、癌症报告单,还是廉政公署传唤,家人的安慰总是:"我给你下个面吃?"抑或"今天煲了糖水,很甜的。"

《大内密探零零发》里,刘嘉玲扮演一位温柔贤淑的妻子,无论周星驰有多落拓、荒唐、被人嘲笑或被人误解,甚至在陌生女子的美色前把握不定,她总是以不变应万变,问他:"你肚子饿不饿?我煮碗面给你吃,好不好?"这里面有女子的谦卑:我是一个一无所有的人,我不是你的知己,我不懂你的宏图大志,但我愿意,以我的方式,照顾你的身体、你的一切。这电影我没刻意找过,却经常在各电影频道的清晨或者黎明看到,几千年的英雄志气、发明家的巧思、江湖阴谋与诡计,到最后,敌不过一句温暖的话:"我煮碗面给你吃,好不好?"

中国人岂不知道汤有多暖。好像是古龙吧,喜欢把他的大英雄放在菜市场,受尽沧桑、见惯世情,最后隐于街头,成为一个卖甜酒汤圆的小贩;满体刀伤的大英雄,踉跄地找到心爱的女子,也没什么可说,吃一碗生烫腰花而已。

在《陆小凤传奇》里面,他写了一个出人意料的女子,名叫"牛肉汤",人如其名,煲得一手绝妙天下的牛肉汤。刚出场时的牛肉汤,人笑得比花甜,却心狠手辣;到下一个故事里,她已经变了,是怀着爱情的红颜知己,愿意为了他做一切事。

发生过什么?且用牛肉汤解释吧:她煲的汤,炖得比米汤还浓,肉是用牛身上三个精彩的部位集合在一起炖的,牛是一种最精彩的牛。是什么让她精工细作这一碗汤?又是谁吃出了汤里的绝妙?她疗愈了谁心底的创伤,又心甘情愿为他永远煲汤?

也许她只是累了,与其天天试探陌生男人的口味,不如就讨好身边的这一个。得到了男人的胃,也就是得到了男人的心。

如果没有贤惠的妻,有温存的小馆子也好,有时候,陌生人也能做出贴心的美食。在遥远的国度,有一家后半夜才开张的《深夜食堂》:"一天结束了,在大家都各自赶回家的时候,我的一天才刚刚开始……"老板是寡言的中年男子,一道刀疤正正地跨过他的左眼,像他被一刀两断的过往。他的菜谱上只有一道猪肉酱汤定食,但任何食物,只要你说得出来,冰箱里有,他都会尽力给你做出来。他知道:爱吃一道菜,往往是因为爱过一个与这道菜有关的人。那突然更换口味的人,更是心里突然多了一个深不见底的洞,需要安抚。

菜很简单,炸香肠、酱油炒面、厚蛋烧、烧得半熟的鱼子……都是寻常小馆食物。但当他说:"那香肠是因为小龙给我的才好吃呢。"我们还是忍不住动容了。你有没有一道最简单的家常菜难以忘记?比如说他曾教过的西红柿炒花菜,或者他带你吃过的鱼头汤。到现在,夜深人静时,谁会带你去小馆吃?

来来去去的客人里,有黑社会分子、不得志的小演员、上班族、脱衣舞娘……对有些人来说,深夜食堂是他们回家前的最后一站,而对另外一些人来说,他们没有家,只有在这里,才能感受一点儿人的温暖与热闹。

好在,总有热汤可以暖手,老板偶然说的几句话可以暖心。他们总能在这里找到记忆中的味道,爱人、朋友,甚至,离散的家人。长夜虽长,但漫漫人生比它更长。回家吧,家里有做饭的妻。

但，假设苦痛的就是这妻子，谁来给她做饭？这是一个有趣而无解的问题。

P.D.詹姆斯的《教堂谋杀案》里面，男爵被杀，他的母亲表面上处变不惊，冷静地应对询问情况的警察、来打听小道消息的记者。她立如磐石，身体里却有奇特的饥饿感，她不断地想到各种食物，就像许多年前害喜的她，曾在冬夜渴望西瓜一样。她悄悄地想：原来怀着痛苦的滋味就像怀孕。

没有人听见她不出声的哭喊，也没人来慰藉她的身体与灵魂。

与她比起来，美国作家费雪有福多了。年轻时，她与同样年轻的丈夫在法国求学，住在一栋房子的顶层，"那儿有一间小小的厨房，还有一间黑乎乎的小客厅。客厅里那扇圆形的窗户和感恩节的馅饼一般大小……那个住所根本无法洗浴，所以我每两周就要去公共浴室一趟。每一次我都会觉得周身不自在。"

太冷了，她试着写东西，但手和脑袋都被冻僵了。丈夫不算不体贴的，会在回家路上买些菜、肉、副食回来。"但要穿上皮衣戴上手套在厨房做菜，着实不是件让人愉悦的事情，烹饪时的蒸汽刚刚触到冰冷的房顶就马上烟消云散。"

终于有一次，她大哭起来。那是丈夫第一次看到她流泪，至少有几千滴泪水无声无息地流过她的脸颊。她任由泪水落下，坐在越来越冷的房间里，像要被溺死的人一样回望过去，完全处于一种麻木的状态，甚至没有力气用手绢擦一下脸。

丈夫什么也没问，只带她去城中最温暖的酒店，去昏暗的餐室。端上来了，色泽黝黑的烤野猪肉，喝浓汤，吃着豌豆、小扁豆、土豆、栗子混成的糊。吃饱喝足了，全身都暖和了，无药而愈就是这样的。

与第一任丈夫离婚后,她的第二段婚姻同样短命。结缡三年后,丈夫患上重病,正常生活因此宣告结束,面对病魔束手无策,他们因此进入无事可做的状态。"我们仿佛是鲜活的游魂,比以前更加投入地吃喝着,观察着,感受着。"疾病先是夺走男人的一条腿,之后是另一条,然后是两只胳膊。他头发花白,大大的眼睛里满是痛楚。而她则是一个被定罪的女人,被鬼魅撕扯着,看着自己的挚爱慢慢死去。还有什么可做?吃,死也要做个饱死鬼。

在熟悉的餐厅里,熟悉的侍者面对他们的病痛,不知所措,震惊落泪,什么也说不出来,最后只好送上一瓶香槟,细细地包在红格子布里面。

她说,酒没有任何变化,入口后很是温暖,像奇迹一样。那些意大利面像灰尘一样轻盈。每顿饭都可能是最后一顿,因此值得好好品味。

丈夫去世后,她陷入迷魂一样的状态,有时在自己的小工作室里工作,会突然间冲出门去,在路上奔跑,直到自己喘不过气来为止。她已经精疲力竭,但她身体里的某些感官依然是鲜活的。为了抵御死亡的阴影,她贪婪地大吃大喝,那与身体上的饥饿完全无关,但食物本身已足以让她得到滋养。她亲手设计菜单,为亲人们准备丰盛菜肴,专注食物,能令她忘记忧伤。有时候,只有她一个人,她会去一间最棒的餐厅,点上一些美酒佳肴,让自己如贵客般得到盛情款待。

她用亲身经历,叙说该如何安抚那被命运掠去一切的人——不如带他/她去吃顿好的。

食物也能治愈乡愁。汪曾祺写过《落魄》,说到一个女同学病了,他们去看她。有人从黑土洼采来了一大把玉簪花(黑土洼是昆明出产鲜花的地方,花价与青菜价钱差不多),她把花插在一个绿陶瓶里,笑了笑说:"如果再有一盘白煮鱼,我这病就生得很像样子了!"她是扬州人。扬州人养病,也像贾府一样,以"清饿"为主。病好之后,饮食也极清淡。开始动荤腥时,都是吃椒盐白煮鱼。

同学们为了满足她的雅兴和病中易有的思乡之情,特意去小馆子跟老板商量。终于吃到白煮鱼的女同学,一定笑得很甜。

《红楼梦》里面的贾宝玉,挨过板子后,全家人都在床前嘘寒问暖,宝姐姐专门送去棒疮药,王夫人问他:"你想什么吃?回来好给你送来的。"宝玉笑道:"也倒不想什么吃,倒是那一回做的那小荷叶儿小莲蓬儿的汤还好些。"贾母便一迭声地叫人做去。

果然是三千宠爱在一身,连个孩子的撒娇卖痴都能立刻满足。有这么多人的爱,还有什么伤,好不了?

如何能不爱上虎皮蛋

如何能不爱上虎皮蛋?

在街边小馆子里蓦地遇见它,起先不过当是卤蛋,浸在汤汁里,面目暧昧,捞出来才发现肌肤凸凹沉金,形如虎皮——名字竟如此朴素传神。咬一口,齿与舌,经过微焦的表皮,深褐如山色的蛋白,蛋黄半融半凝,十分腴腻。卤汁吱吱流下,鸡蛋的原味、辣油、卤味,色艺俱佳,百味杂陈,像一颗阅过世事而滋味复杂的心。偶遇便已惊艳。

原来它是这样的:鸡蛋先白水煮熟,再炸至表面全焦,最后丢在牛肉汤汁里卤。不过一颗鸡蛋,也大费周章,复杂到几乎虔敬。

虎皮蛋好像始终不曾流行开来,总是要在湖南米粉馆里才吃得到,随和地,与诸般早点配搭,如麻将里的癞子。我却总觉,它的原配,应是牛杂粉。比寻常宽粉宽了一倍的手工粉,非常粗犷,满碗红油如血潭,却又密密撒了馥绿香菜。张爱玲说:葱绿配桃红,是一种参差的对照。我却觉得,这是民间的、强悍的爱恨交织,正如民歌"恨你恨你真恨你,还是请个画匠来画你,把你画在砧板上,我刀刀剁你剁死你",分明是极其热烈的爱。迫不及待喝一口汤,辣入骨髓。牛肚、牛肝、牛肠……诸般杂碎,每一口有每一口的滋味,如大海混沌,再添一个虎皮蛋,它的香郁,便是定海神针,聚拢所有注意。

当寒冬有雪,清晨冰冷寂寞,我总可以,在路边小馆,要一碗牛杂粉,加一个虎皮蛋。三口两口干光,汤汁微咸,喉间有一种很迫切的焦渴,是"我的心切慕你,如鹿切慕溪水",几乎是爱情了,暖了一天的行程。

这般人间美味,不期然,我却想起绝不诗意的诗句:岁月如炉,人生如煎……呵,也曾有无瑕脸孔,如鸡蛋新剥,白净柔润。然而生涯残酷,沸水里翻沉,滚油里烈焰焚身,社会大卤锅里随波逐浪,如此千锤百炼才出得深山,滋味比得所有珍馐,却是廉宜的,一块钱一个,赶着上班的人匆匆吃下,来不及品尝。

但有什么不好吗?风雪人生里,一粒虎皮蛋,令人饱且暖,获得一种踏实的快乐。许多时候许多人,尚且得不到,或者,做不到。

一碗糁的尊严

早春二月,还冷得很。我在岱庙的山墙上,迎面长风像太极拳,柔中带刚,令人立足不稳。抬头远望,我与城市平起平坐,棉袍灌满风也能飘飘欲仙,我是笨重的白鹤亮翅。

快中午,出了岱庙,我在泰安后街小巷逛来逛去,一眼看见招牌"泰山名吃——正宗传统独一家糁馆"。糁是什么?下面一行中号字:面食 2.5 元即吃。

是要自己去窗口端餐的,吃完算钱。我端着托盘走到近门,看到一位老先生独个儿占了张桌子。我向他笑笑,坐下来。

老先生庄重地向我点头:"吃饭呀?"伸手招呼我,"吃点儿菜。"他显然正在自斟自饮,自得其乐:小盅白酒偶尔抿一口,一碟花生米,一盘韭菜炒蛋。我客气地谢谢他。

糁是健康小麦色,类似粥也像面糊,汤上微微漂荡着蛋花。专注喝一口,鸡汤的清鲜,胡椒的微辣,暖暖的下了肚,口感似稠而稀,汤薄而味浓。老先生一直在留意我，此刻徐徐问："好喝吗？"我说："好喝呀。"他满意地点头，伸出三根手指："我每天喝三碗。这个好，养人、增寿、美容。你看我像多少岁？我都六十了。"语笑皆朗朗，确实更像个中年人。

有人过来，老先生站起来，拉着人家的手："吃好了吗？吃什么了？"俯耳过去，似说悄悄话，但原来只是体贴地算账，"两碗糁，两份面食，10块。"我才反应回来，老先生是老板。给钱找钱，他真诚地道别，"明天见。"从容坐下。整个一气呵成，仿佛就是寻常人家送客。

同行的朋友端着油条过来，还没坐定就跟我说："这大妈真好，怕我不知道，告诉我，吃多少都是2块5。"我一愣："什么？"

老先生点头："没错，面食一人2块5，不管多少。"又给朋友让菜，"你吃点儿，别客气。"我心道："啊？这不成共产主义了，各取所需。"

不断有人结账，每次老先生都站起身，与人寒暄数句，是熟客，还说些家长里短。像旧小说里的场面：医生到家看病，先互致短长："老太爷好吗？大奶奶好吗？"一袋水烟抽毕，再问，"府上哪一位不舒服了？"农业社会的温情脉脉，民间仍有流韵。

也有似我般的生客，老先生一视同仁，至多问几句："哪里来的？有机会再来呀。"郑重地在对方臂膊上轻拍一下，是一种无声嘱托。

朋友吃完了，居然还打算起身去拿："2块5任吃。"我一把按着他："你打算把人家吃破产呀？"举目一看，真有人桌上一簸箩满满的油饼、油条、卷饼、馅饼……吃得十分惬意。我心里暗道：要我开餐馆，这种吃货直接叉出去。

老先生居然站在朋友边："去吃，去呀。随便吃。"我惭愧于他的襟怀：

来了就管饱,相信你不会为了占小便宜撑着自己。有大肚汉就有不怎么食人间烟火的仙女。不怕不怕,赔不死。

老先生和他的店都让我想起《水浒传》里常用的"主人家"——客栈主人、饭馆主人、赶脚主人……他们打扫店堂,仍是秉持《朱子家训》:黎明即起,洒扫庭除;把饭食做得干净美味,也是"一粥一饭当思来之不易"。这是他们的产业,他们的店,也是他们的家。

而我们借由光顾他的店,成为他的客人。他于是以主人的自信与热情,延我们入座,嘘寒问暖,为我们吃得饱吃得好真心喜悦。他不是在服务,而是待客,周身上下,都是一种饱经世事后的洒脱,"我相信我是最好"的骄傲,对自己的店,对自己的饭食,他百分百地有底气。

他对我们,如遇大宾;我们对他,视为东主。萍水相逢,互相成为对方生命中一刻的温暖。人生盛宴中,不是每一次主宾,都能这般好聚好散。

我与朋友,一人一碗糁,2块5的面食,我还另外要了一小碟牛三袋子(疑似牛胃),3块。一共13块,完成了泰山脚下一顿简单的午餐。

出了门,再回头看一眼,招牌上写着:早上5:00 —下午2:00。这招牌与老先生一样,都有着既不傲慢也不讨好的姿态。

一碗糁的尊严,让人感动。

糁,字典上念"散",但我明明白白,在店里听他们说的都是"参"。

雪地里的芒果香

后来就再也没见过他。她上网的时候,他的头像总是灰色的。她看着屏幕上,自己打出来的字,一行一行地跳上去:"校园里鸡蛋花开了。"没有回应。

她十八未满,夏至未至。十七岁的冬天,在应该上晚自习的时候,她基本上都去专放老片的艺术电影院,银幕上理查·基尔将被绞死的刹那,她终于哭出声来,泪水冰凉冰凉地挂了一脸。

身边有人碰碰她,递过来一根——棒棒糖。她恨人家当自己是小孩,却抵御不了甜的诱惑,还有对闪亮金银纸的喜欢。

灯亮的时候,她还没吮完。她脸上有一块凸起慢慢移动,那是棒棒糖,从她嘴的这边移到嘴的那边,过一会儿又慢慢移过这边,他忍不住就笑了。这一笑,就看出他的中年。

那棒棒糖有一种浓郁的热带的味道,他说那是芒果香。

他陪着她,去她想去的地方:动物园、豹与狮都睡着了;她的校园、课后

空旷无人，他把大衣铺在地上，叫她坐，她看着他明显不够暖的毛衣，不自觉就偎在他怀里，手吊在他颈子上。他每天带一根棒棒糖给她，每一根都带芒果香。她舍不得问"是在哪里买的？"如果知道，这其实只是非常普通的，所有便利店随处可见的品种，会不会，就没那么甜？

他偶然接电话，她听见电话里有个尖尖的小声音，"爸——"。她是吃掉了该属于她的棒棒糖吧？

棒棒糖一根一根地少下去了。

那是唯一她觉得温暖的冬天。她从来没有那样地惧怕冬天过去。

冬天还是过去了。期末考试之后，她被家里人关起来了。

正月初一，去给外公拜年的当儿，她踏着雪找了一个网吧，打开好久没用的QQ："你还好吗？你想我吗？"他的头像，是灰的。

她会永远记得长虹桥下的雪地，没有被车印、足迹踩脏，她缩在很远的角落，一颗眼泪砸出一个小窝，很快把雪地砸出麻子脸。

她继续长大，继续全力备考。家人都不提这件事，假装不记得一个高三女生的逃课、厌学。只是父亲开始每天接送她上学放学。

有一天，地铁不满不空的当儿，上来一对青年男女，还有一个空位，可是他不坐，她也不坐。他拉着吊环站着，她便双手环着他的腰，忽地展颜一笑，车厢里弥漫好闻的甜香，那是来自南国的、丰盛而早熟的夏之气息。

机器女声无情地报站，她忽然，很想赶紧长大……

太早萌发的爱意，如芒果生在雪地里，永远不会有成熟的可能了。

白咖啡·灰面

我按网络上的推荐买零食,已经买错过无数次。看到新开的帖子,还是一边赌咒发誓"都是托儿"一边手欠点进去。流行货全买过:越南白面包干甜得惊人;每一款兔心、鸭肠、牛肉干……里面都有一种一模一样的怪味。有一天我终于悟出来了:那是防腐剂。传说几百万位妈妈们追买的山楂条——还不就是山楂条?要是栗子味儿的该叫栗条了。

所以,会买到"怡保旧场街三合一白咖啡",是天经地义的事。我以为它的"白"和白巧克力一样,指牛奶,但冲来一喝,香气扑鼻,口感甜淡,却没什么咖啡味道,牛奶好像也不多。

一查,原来有段典故:马来西亚咖啡属于爪哇咖啡体系,要用猛火狠炒,成品清苦。马来西亚人便在里面放多多的炼乳、多多的糖,最后成品黑亮如柏油,浓香如地狱的诱惑,超甜复超苦,像手刃负心人的爱恨交织。

而马来西亚的怡保地区,20世纪初叶开始锡矿开采业。矿主、工程师多为

103

欧洲人，喝不惯当地咖啡，当地人便把他们喝的普通咖啡称为"白咖啡"。矿工中又有许多是来自中国的华侨，离家背井，不爱咖啡，又不得不把咖啡当作药物来提神、醒脑、抗病。于是改良白咖啡，令其只保留极少的咖啡因，再加入大量奶精——不加牛奶应该是因为喝不起。最后成为现在流行的"白咖啡"。

白咖啡白不白？看和谁比，与黑咖啡比，那简直是"雪白雪白"的。遇到牛奶咖啡或者其他的速溶咖啡，那，比它白多了。

无独有偶，我想到另一种食物：灰面。

忘了是几岁，我妈让我去粮店买几斤灰面。灰面？还有灰色的面？没有网络，我妈懒得跟我解释。走在路上，我不断想象灰面到底是什么，是银灰、土灰还是利休灰？白是皎洁无内容的，而灰则意蕴深长。有灰面，还应该有红面、绿面、黄面、黑面吧？我已经想象出了七色面王国系列。

粮店里一堆敞口的粮食口袋排得密密麻麻，我交上粮票与钱，人家给我一个小纸牌，信手一指：灰面在那边。

我大吃一惊，这……这不就是正常面粉吗？小麦粉，也就是一般说的"大米白面"中的"白面"。灰在何处？

一掉头，它旁边一字排开的，全是米粉，白如雪，细如尘，在光线不足的店堂里也熠熠生辉。看完米粉再看面粉，灰蒙蒙，像憔悴的脸色，暗淡无华——它不是灰面还有谁是？

灰面灰不灰？同样，看和谁比，和玉米面、荞麦面、绿豆面比，它够白，遇到米粉就万般俱灰了。

白咖啡不白，灰面也不灰。它们在色谱带上的排名，来源于比较。是基准点决定了它们的命名。

大部分人也如此：在真正的邪恶面前，我们都算不坏的人；一旦遇到严峻的考验，我们都是怕火炼的"合金"。混在诸多无脑人中间，我们油然有鹤立鸡群的骄傲；进一个长颈鹿群体试试，转眼淹灭。

　　所以，清清白白即为灰头土脸，卓尔不群往往是井底之蛙，好多人都念过"质本洁来还洁去"，当自己是林黛玉。恰恰相反，谁都是出自血污，化为尘土。

　　想通于此，能让我们少几分骄傲、多一丝谦卑。先得承认自己是深深浅浅的灰，才有洗涤的可能。

只是不叫马占山

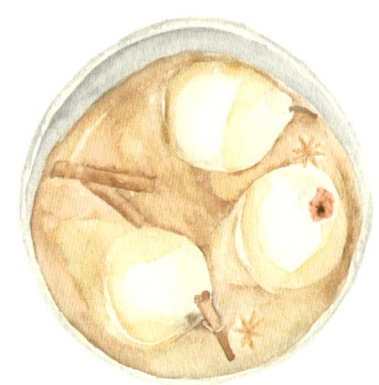

除了在琦君书里,我再不曾在别的地方读到过"马占山饼干"的记录了。

琦君曾是台湾著名的作家。她幼失怙恃,被大伯潘鉴宗收养,幸而大妈很爱护她,视她犹如己出。大伯在大妈之外,又纳有两位妾室,大妈形同被遗弃。琦君的《橘子红了》便以大伯大妈这一段心结为原型。

琦君八岁那年,大伯授上将衔,携二房太太和琦君十一岁的哥哥一道赴北京上任,琦君则与大妈一道南归乡下老宅。为什么男孩女孩兵分两路?大概是,北京是政治文化的中心,男孩子需要拓展视野,获得一些人情交际上的训练。而大妈独居寂寞,需要小棉袄的温暖,也能让男人的天伦之乐享得比较安心。

乡间日子忙碌,闲下来又格外凄清,琦君每天盼着大伯与哥哥的来信。有一次,大伯从北京托人带回一罐马占山饼干,大妈笑眯眯地捧在胸前。看了又看,摸了又摸,舍不得打开。在琦君的央求下,大妈才笑眯眯地打开,小心翼翼地抽出两片放在小木盘里供佛。每天大妈只许琦君吃两片,她却偷偷再吃一片，太珍贵罕有的东西了，"用手指掰开来，一粒粒放在嘴里慢慢地品尝，也分一点点给我的好朋友小黄狗和咕咕鸡吃。"

可是哥哥来的信里却说，他一天到晚吃饼干，吃得舌头都起泡了。二妈天天出去打牌，三餐不定时，哥哥只能以饼干果腹，边吃边拿饼干堆积木玩儿，搭了一幢小房子叫作饼干屋，给蚂蚁住。

琦君哪里读得懂哥哥的心酸，反而好羡慕哥哥，情愿变成蚂蚁，住在哥哥搭的饼干屋里，就有一年到头都吃不完的饼干了。

转眼过完年就是开春，大伯和哥哥要回家了。万万没想到的是，就在起程前七天，哥哥因急性肾炎在协和医院病逝。知道消息后，一向含忍的大妈，对琦君说出一句摧心裂肝的话："哭有什么用呢？哭不回你爸爸的心，也哭不回你哥哥的命呀。"

那一罐马占山饼干，还剩了大半罐，再也无人去吃。

这是我第一次，知道马占山饼干的名头。马占山是一代抗日名将，马占山牌香烟广为人知，有同名饼干也是应有之义，但——不对呀。

琦君的兄长过世于1926年。那一年，马占山仅仅是奉军第二骑兵军军长而已，关内人民对他一无所知。直到"九一八事变"之后的1931年11月4日，马占山率部在江桥抗战中重创日军，一天毙伤日军一千四百多人，极大地鼓舞了全国上下的士气，史称"抗日第一战"。马将军因此一战成名。

他是绝对的年度人物，中华人魂，一家烟草公司趁机生产了"马占山将军"牌香烟，并刊登广告说："爱国民众已一致改吸马占山将军牌香烟，为民族争光。"投放市场后，供不应求，不抽烟的人也会买几包聊表抗战之心。

那是1932年的事，而1926年，马占山还没有英勇杀敌的光辉事迹，怎么会出现以他命名的饼干？

很可能是记错。毕竟，兄长去世时，琦君只有八岁，而她创作《梦中的饼干屋》时，更年近八旬。应该是，与马占山牌香烟同步有过马占山饼干，琦君误将时间提前了。

我上穷碧落下黄泉地找，但除了在琦君的著作中，再不曾见过马占山饼干的名头。我不敢确定它"没有"，但也确实不敢铁口直断地说它"有"。

孤证向来是很尴尬的证据。

文学，不能尽当史书对待。作家不是史家，会看错、听错、记错，以讹传讹，张冠李戴。尤其是涉及自身的回忆时，当年的惨痛被时间抚平，旧时的美好隔着几十年的辛苦路来看，格外甜美。很多时候，我们记得的，不是真实的，是但愿发生的白日梦，如此渴望的幻象。你是否记得，一抹不存在的吻，一个对方矢口否认的承诺，或者，一罐从未收到过的巧克力糖？文字间的流丽美好，不可全信。文字里的哀痛心伤呢？也可能掺了别的。

但我始终相信，九十年前的温州乡间，闭塞山村里，大妈和琦君等待过、也得到过大伯的温存，哪怕是盛宴后的残羹冷炙，其他人送上门来再转手送人的小礼物，惠而不费的一首诗、几句话……总比没有好。

只是不叫马占山。

老主妇们的私房菜

我从小将《红楼梦》看得烂熟,早知它是"封建大家庭的全景式图卷"。但感觉上,里面有家庭味道的画面很少很少。

宝玉与姐妹间的来往,像发生在气氛宽松的寄宿学校,男生女生互相走动,一举一动都在光天化日下。熄灯铃一响,各自回房,纯粹得随时高歌"青春万岁"。开诗社、行酒令、四美钓鱼、群芳寿夜宴,都令我想起自己学生时代那轰轰烈烈的文学社、玩游戏、郊游、精心备下小礼物给同学庆生……

长辈一出现,就是教职员工们来了:凤姐、李纨是大姐姐状的辅导员;王夫人是教导主任,除了宝玉这个模范生之外,她对谁都透着腔子里的冷淡与冷漠;邢夫人像每个学校都会有的、挑拨离间的极品老师;老太太不管事,但她是校长!她垂拱而治,她纵着你们,不意味着她年老昏聩,她分分钟可以把每个人都收拾得服服帖帖。

也许,最温暖的一幕,发生在第八回:一个下着雪珠的下午,宝玉踏着薄

薄雪意去探望小恙中的薛宝钗。正在与丫鬟们打点针线的薛姨妈一把将他抱入怀内："这么冷天。"命人倒滚滚的茶来。他一问宝钗，她马上说："在里间不是，里间比这里暖和。"

中国人的待客之道，以吃为上。薛姨妈摆了几样细茶果来。宝玉夸前日在那府里珍大嫂子的好鹅掌鹅信。薛姨妈听了，忙也把自己糟的取了些来与他尝——重点不是鹅掌鹅信，在"自己糟的"。这些七零八碎的小件，不贵，自家弄却很费人工：鹅掌要刮洗干净，切去掌底老茧，去指尖，更讲究的还要一根根去骨；鹅信就是鹅舌，也要一枚枚去舌根，留舌尖。鹅掌鹅舌才多大个儿，弄一下午，未必能整出一盘的量。

当然了，薛姨妈恐怕不需要亲自动手，看着丫鬟老妈子做就行。但是，要精挑细选肉头肥厚的鹅掌、色泽新鲜的鹅舌，得主妇亲自过眼；还要盯着人细细收拾——给自家人吃的比不得外人，不能敷衍了事；糟卤有市售的，但精细人宁可自己做，比街面上的干净、可靠，得，又多一事儿。

你能想象王夫人亲自下厨房吗？赵姨娘只怕都"远庖厨"，当家的凤姐也无非是"叫人做去"。但薛姨妈，她是一个富庶人家的精明主妇，虽然也时不常要陪老太太打个牌，但大部分心力估计都在家务事上，柴米油盐酱醋茶，事事关心，从来没个闲的时候。为什么她嘴碎，时常批语小辈"不知过日子，只会糟蹋东西"？因为她自己是最会过日子的。

这顿饭吃得好愉快。宝玉笑道："这个须得就酒才好。"她便令人去灌了最上等的酒来。——听听，最上等。奶妈李嬷嬷劝止，她先就护在里头："便是老太太问，有我呢。"宝玉说爱吃冷酒，她忙道："这可使不得，吃了冷酒，写字手打颤儿。"李嬷嬷再三劝阻，还祭出贾政来吓宝玉，薛姨妈当仁不让：

"只管放心吃,都有我呢。越发吃了晚饭去,便醉了,就跟着我睡罢。"喝了几杯,千哄万哄着让宝玉收了杯,上了酸笋鸡皮汤,宝玉痛喝了两碗,吃了半碗碧粳粥,又酽酽地沏上茶来,大家吃了。圆满收官,宝玉的感受是心甜意洽。薛姨妈这才放了心。

当然了,薛姨妈对宝玉好是应该的,他就是这么一个千人捧万人哄的凤凰蛋。但她实在像我熟悉的那些妈妈们,家有小女初长成,一切被女儿无意中提起的同龄男生,都能让她眼前一亮:"哪里的?你们认识多久了?"但凡有男生上门——哪怕就是来帮她重装电脑,都像有无限可能性。八字还没得一撇,已经"丈母娘看女婿,越看越喜欢",当儿子从心眼里疼起来。外面风大雪大,她总会备上暖酒热饭,碎碎嘴的絮叨里面全是实打实的关心、爱、体谅、怜恤……想来薛姨妈还会一直帮宝玉夹菜,把他盘子里堆得高高的。

我没有忘记这回目叫《探宝钗黛玉半含酸》,只是同时在场的林妹妹,显得格外小心眼儿,任性使气。她是神仙人物,与世俗的油烟气,彼此唐突。她那句话说得没错:"我来得不巧了。"人家的其乐融融里,她是横插进来的一笔,破坏了团圆。

总之,有薛姨妈这样的丈母娘,实在不错。可惜对宝玉来说,爱、关心、照料,在他生活中多得满溢,全不稀罕,像脖子上那块玉,随时能摘下来一扔。

不知为什么,薛姨妈让我想起《半生缘》里面的沈太太。丈夫有姨太太,长期住在那边,晚年生病,儿子世钧回家去小公馆探望父亲。"因为觉得世钧胃口不大好,以为他吃不惯小公馆的菜,第二天她来,便把自己家里制的素鹅和莴笋圆子带了些来。这莴笋圆子做得非常精致,把莴笋脆好了,长长的一段,盘成一只暗绿色的饼子,上面塞一朵红红的干玫瑰花。她向世钧笑道:'昨天你在家里吃早饭,我看你连吃了好两只,想着你也许爱吃。'啸桐(沈太太的丈夫)看见了也要吃。他吃粥,就着这种腌菜,更是合适,他吃得津津有味,说:'多少年没吃到过这东西了!'姨太太听了非常生气。"

素鹅是豆制品,莴笋圆子应该就是暴腌莴笋:莴笋洗净去皮,在盐水里浸个半天,变软后捞出沥干水分,在通风向阳处晾晒至半干即可。我们也经常吃,不过还要多一道工序——切片。小薄片簇拥在一起,像落了一盘的暗绿牡丹花瓣。我疑心沈太太的莴笋圆子也是要切段的,不过是好刀工,切完了还保持原状而已。否则一整根莴笋可怎么下口?

出乎意料,沈先生被莴笋圆子打动,与姨太太一场大闹后,回家了。像《圣经》里浪子回头的故事一样,喜从天降,"沈太太因为啸桐曾经称赞过她的莴笋圆子,所以今年大做各种腌腊的东西,笋豆子、香肠、香肚、腌菜、臭面筋。……世钧从来没看见她这样高兴过。"

我自己也到了婆婆妈妈的年纪,逢年过节也会做些腌腊食品:立冬后灌香肠,用最贵的黑猪肉,肥胖胖的香肠滑过手心,是"微胖的柔软"。八月在院子里捡落桂花做糖桂花。还试酿过葡萄酒——成品酸得刺喉,酒精味道浓得呛眼睛。早知不如让葡萄自行腐败,还有发酵的酒香。我渐渐理解,厨房生涯需要的不仅是钱、劳力或者工艺,还要一种心情。尤其是腌渍物,量又大,要折腾很久,还预留了很久的保存期,至少能吃半年,是一种用食物说的天长地久:我知道这些弄好后,你还待在这间屋里,还属于我,还有吃的力气,还愿意与我一桌吃饭。

冬月里,看到邻家挂了一阳台香肠,累累坠坠,全是对未来的心安。

这一回,沈太太是真正的大获全胜。因为没多久,丈夫便病势沉重,"简直可以说是死在她的抱怀中。盖棺论定，现在谁也没法把他抢走了。"

一盘莴笋圆子，功不可没。

有一句老话：要抓住男人的心，先要抓住男人的胃。我总疑心是一句国外谚语，发生在所谓的"欧村""澳村""美村"、三明治果腹的地区，跟饮食文化极度发展的大中华无关。

我周围，能轻而易举弄出一桌子盛宴的巧妇不少，多的是同事、朋友、朋友的朋友……对她们赞不绝口，但，该当剩女一样剩，该遇见小三一样遇。男人才不在乎她们亲手调制的美味。下馆子、找钟点工、叫外卖……都是出路，照样中餐西点、琳琅满目，配上蜡烛、音乐，足矣。

自制食物，昂贵的是用心，是从选材到制作无不精益求精的情意。但就色香味而言，往往还真比不过用大量色素、香料、味精、作料……调出来的伪美食。大部分男人，不是美食家。

也许要到老了，他们才能懂得，女人亲自下厨代表了什么。

可是到那时，女人也老了。

吃在武汉

此地由来无土著——武汉其实是移民城市。汉口居民往往来自湖北的黄陂、孝感等地,沿袭黄、孝两地方言习俗;武昌则"以武为昌",有满人后世及大量南下干部和知识分子;汉阳曾经是工业基地,著名的"汉阳造"便出自此处。武昌、汉阳、汉口三镇,各有其来处,如三弦,一弦一柱都有独特乐音,共同奏出一曲思华年。

武汉的美食因此更加口味驳杂:辣,多油,富想象力。

最著名的当然是武昌鱼。对武汉再一无所知,总也听过,"才饮长沙水,又食武昌鱼"吧。武昌鱼本名团头鲂,选两斤大小,辅以火腿、冬菇、冬笋和鸡汤等清蒸,再缀以红、黄、绿各色菜丝,看上去五彩缤纷。肉质肥美细嫩,莹白如玉,吃一口,尽是清鲜之气。1975年毛主席的最后一顿年夜饭,便是一点米饭,以及几筷武昌鱼,那时他在想什么?不是一句"还思建业水,终忆武昌鱼"可以涵盖的吧?

传说武昌鱼大刺只有十三根半，又传说投刺于江，能溅起三点油花——我数学不好，从来没数清楚过。

鮰鱼也是一绝。眼前有鱼道不得，东坡有诗在上头，"粉红石首仍无骨，雪白河豚不药人。寄语天公与河伯，何妨乞与水精鳞。"然而我们终于把水精鳞红烧了，油光闪动、香气袭人的鱼块端上桌，一众急不可耐地用筷子去夹，夹到半空，鱼肉全散。鮰鱼肉之嫩，可见一斑。轻拿轻放，入口慢捱，稍微粗犷一点，还没尝出味道，鱼肉就滑进了肚里。

家常小菜是腊肉炒红菜薹，红菜薹是暗紫红、内里青绿，一种看破世事的沉黯与洒然，却清脆、鲜嫩、多汁。啊，它还有一颗少年的心。"米酒汤圆宵夜好，鳊鱼（即武昌鱼，也是秋日最好）肥美菜薹香。"《汉口竹枝词》这样形容。腊肉醇美柔润，菜薹嫩脆爽口，暖了一冬。传说慈禧曾差人千里索红菜薹，又传说苏东坡来武昌，正值天气严寒，红菜薹落季，他硬是久留此地，直到吃了才走——嗜吃如此，可见苏轼是个胖子。

如果觉得腻，可以吃沔阳三蒸：蒸鱼、蒸肉、蒸菜。肉是螺蛳肉，菜是茼蒿。口感清而烈，难以形容。

最著名的小吃是热干面。面煮熟，油里滚过，晾干，等吃的时候，在水里过一道，沥净水，加很多榨菜、萝卜干、葱花……芝麻酱很香。

豆皮也是武汉特有的小吃。灰面和豆粉混合，热锅加油，摊成薄薄一层，放蒸熟的糯米、豆腐干、香菇、鸡蛋、香肠……讲究的是皮薄浆清火功正。老通城最负盛名，1958年毛泽东主席曾两次来此品尝豆皮，四壁满满挂着来过的嘉宾照片：刘少奇、周恩来、朱德、邓小平、董必武、李先念及外国元首金日成、西哈努克……

我也很爱欢喜坨。它名字可爱，模样也好。糯米粉子，雪白驯良如新妇，任人揉扁成微凹的饼，小竹签子，信手挑了蜜糖、桂花、豆沙、芝麻——或许还有其他，但我认不全——芬芳诱人地，充实了它的心。封口，揉圆，芝麻里滚一道，就下了热油锅。师傅任它煎炸，不时拨弄一下，它便滴溜溜翻个身，与热油更加亲密接触，而香气四溢，那香是催魂铃，勾动馋虫。夹起来，一个个圆鼓鼓、胖嘟嘟、金灿灿、香喷喷的欢喜坨，又披了万点芝麻蓑衣，奢华的金，像琉璃世界白雪红梅，宝玉曾披过的那一袭。

然而哪怕只是吃一碗汤粉也是好的。见过云南的过桥米线、广东的肠粉、贵州的酸汤粉、广西的老友粉……然而武汉米粉通常不过两种：一种细粉，莹白，半透明，如塑料线，或者诗意的春雨；一种宽粉，三分宽，玉色新摊，有隐隐气孔。素粉一碗1块5，牛肉粉一碗3块。摊主粉筐里一揪一把，沸水里荡一荡，另一只手已经迅捷地取碗、舀汤，放盐、味精、葱花，米粉水汪汪地出锅入碗，成了。

但它便宜，再贫贱之家总也吃得起一碗粉；又简单、易熟，水中一过，清汤清水就是一餐，却不饱肚，顷刻便饿。老汉口的小巷子，入夏热得沸反盈天，在狭窄潮热的小屋里欢爱，想是挥汗如雨，而灵魂静滞。半掩门外，外间桌上一碗素粉尚温……

而你当然听说过吉庆街吧，通过池莉的小说还是电影？电影是在重庆拍摄的，因为真正的吉庆街，很正常，入夜红灯处处，无数热情拉客的声音，家家宾客盈门，桌桌觥筹交错，也就点些凉拌毛豆、虾球、烧烤、几瓶啤酒……夜宵其实不是为了吃。甫一坐定，先来一拨卖唱的，再来几个卖花的，随之，拉手风琴的、拉二胡的、唱楚戏的……显然不是电影中妖冶动人、快意江湖之处。不过他没拍成"吉庆街卡门"，已经是万幸了。

水饭

我从来没吃过水饭,甚至没亲眼见过,却时时想起,偶一动念,逡巡难忘。

最早知道水饭,从《醒世姻缘传》里。那一本我翻得烂熟的书,里面无数活辣生鲜女子,其中一个叫作唐氏的,"虽然没名没色,却是一朵娇艳山苞",与老公两口子拿着馍馍就着肉,你看她攘颊,馋得那同院子住的老婆子们过去过来,蝈蝈儿似的咽唾沫。饭罢,她蹭到厨房,人家客气一句,"盆里还有极好的水饭,你再吃些。"唐氏便就着蒜薹、香油调的酱瓜,又连汤带饭地吃了三碗。

这山苞好饭量。而那水饭,是美味吧?

我先当水饭是粥,另一回却有,"恐怕便宜了主人家,多多的下上米,少少的使上水,做得那粥就如干饭一般!"——可见粥是粥,水饭是水饭。"做水饭分明是把米煮得略烂些儿好吃,又怕替主人省了,把那米刚在滚水里面绰一绰就撩将出来,口里嚼得那白水往两个口角里流。"这是骂刁厨师。也骂懒

长工,"水饭要吃那精硬的生米,两个碗扣住,逼得一点汤也没有才吃,那饭桶里面必定要剩下许多方叫是够,若是没得剩下,本等吃得够了,他说才得半饱,定要蹩你重新另做饭添,他却又狠命的也吃下去了。"

分明煮得略烂些好吃,为什么长工要吃精硬的?可见下了苦力,太匮乏,那饭非扎实得如一拳夯过去,才能垫个底,够了也是半饱。苦到极处,还被骂好吃懒做,真真没了天理。

却也有个妄自尊大的厨子,"他门前路西墙根底下,扫除了一搭子净地,每日日西时分,放了一张矮桌,两根脚凳,设在上下,精精致致的两碟小菜,两碗熟菜,鲜红绿豆水饭,雪白的面饼,两双乌木箸,两口子对坐了享用。"是神仙日子了。

不大读到水饭的描写,偶有一次,是我喜欢的阿成,说起少年时,"水饭,大约为东北所独有。……一种是小米水饭,一种是高粱米水饭。偶然还听说过,有大米水饭。这一宗,我却不敢说,大米是很珍贵的,用它来做水饭,吃了不心疼么?平日里吃了它,年节又吃什么?"

我才知道水饭的做法,"把米煮好(但不要煮过了。太烂,粉了)。然后,摇上一桶乍凉乍凉的井水,在簸筐里,反反复复地淘,直冰得两手通红,再兑上适量的井水,水饭便成了。吃水饭,菜要特殊些。总要有一碟稀酱。这种酱,是黄豆腌成的酱,喷香,是自家腌的。……要有葱。须是新葱。水洗了它,顺着齐了刀,码在碟里(有道是:大葱蘸大酱,越吃越白胖)。还有一种东北人称'生菜'的东西,天生水质,隔夜不成。还要有几碟咸菜:咸黄瓜呀,芥菜丝呀,蒜茄子呀。"

接着,"饭桌,院子里,浓荫下,摆正了。一桌锦绣。……父亲糙手一挥,一干儿女,勾头便造。乍凉乍凉的水饭,竟然出满额的汗。"这画面像小津安二郎,淡淡哀愁与诗意,他们身后,"日头优美地落下去了。"

分明是山东故食,怎么变成东北独有?是随着那些闯关东的汉子、娘们传过去的吧?

我是南方人,却生在东北边地,记忆里,冬日小城恒静如水墨画,却没有水饭的踪影。向父母问起,爸说:"水饭?可难吃了,像吃生米一样。"妈说:"水饭是一粒一粒的、冷的、硬硬的、味道——我反正咽不下去。"我问:"我吃过吗?"妈笑,"能给你们吃吗?消化得了吗?"爸忽然从报纸上抬起头,"锦州的解放军,都有胃病,就是水饭吃的——还都是小伙子呢。"

呀,这么难吃吗?我爸妈也不会说谎。

前些日子去家东北馆子,菜单前前后后翻,忽然见到一个名目"东北水饭皇",犹豫一秒钟,便掠了过去。——水饭,从来不是我所渴慕的食粮,甚至,怀了莫名的恨。

一定是与贫穷或饥馑有关吧?稀饭不顶事,抵挡不了艰苦的体力劳动;干饭必得配菜,饭都吃不饱,还想要菜?水饭比粥扎实,又比干饭柔和,饱兑汤水,令原本粗糙至难以入口的高粱小米,不那么折磨肠与胃。

它曾经是穷人的糟糠妻,此刻终于下堂,一定是因为日子好了,遇见更美艳的新欢。旧爱,隔长了时间,渐渐褪去粗劣品性,是记忆中的小食。

水饭可以与我无关,而饥饿,却曾经是全民族全世界的命运。太知道一粥一饭的来之不易,由此,如履薄冰。

吃花酒

在我的想象里，茉莉花酒是醇酒上遍洒一层层碎香的茉莉花瓣。但明代冯梦祯的《快雪堂漫录》记载："用三白酒（白米、白曲、白水所酿者），或雪酒色味佳者，不满瓶，上虚二三寸，编竹为十字或井字，障瓶口，新摘茉莉数十朵，线系其蒂，竹下离酒一指许，贴纸固封，旬日香透。"听起来不难，我几乎动念想自制一坛金瓶茉莉酒，该有多香艳。

花与酒，一向如男与女，有爱便有憎。《怨女》里头，三爷去找银娣借钱，银娣在情欲和被骗的可能之间煎熬，"剩下的半杯（酒）一口喝了下去，（她）无缘无故马上下面有一股秘密的热气上来，像坐在一盏强光电灯上，与这酒吃下去完全无干。"酒是玫瑰烧，三爷虚赞一句不错，银娣简直管不住自己的人来疯，叫人："打酒，给他带回去。"干枯的小玫瑰在酒里一个个丰艳起来，变成深红色。"她望着里面奇异的一幕，死了的花又开了，倒像是个兆头一样，但是马上像噩兆一样感到厌恶，自己觉得可耻。"大概就因为这可耻，沾了钱腥的欲念是最脏的，银娣一股浊气上头，与三爷一拍两散。

玫瑰烧这名字冶艳，比雪在烧更夸张、热烈。方子却简单，"弄堂口小店的高粱酒、掺上玫瑰泡两个月。"我有朋友心向往之，又耐不得烦，灵机一动，把玫瑰干花和高粱酒搁进微波炉，叮三分钟。

我问他滋味。他答我："烫，辣得不得了。烈，事后头疼——就是白酒，哪儿有玫瑰香。"

用得着这么复杂吗？周作人曾经写过一篇《小酒店里》，说到故家的咸亨酒店，曲尺柜台，靠墙放些中型酒瓶，贴玫瑰烧、五加皮字样……在江南小镇上，玫瑰烧一定十分普遍、廉宜。现在倒不大有人提起了。

栀子、玉兰、菊花都入酒，我又看书上说，莲花白最早是取万寿山昆明湖白莲花蕊所酿。我猜都不会太好喝，否则超市就会有卖的了。这些花事，只是噱头。

我真正喝过的花酒，只有一种：桂花酿。歌里这样唱："给你一碗桂花酿，碗底全是碎花瓣，甜的那么淡，心是多么伤……"在菜场，一碗才五角钱，米碎、花瓣浮浮沉沉，喝一口，清甜、微酸、淡淡的酒味，桂花香若有若无。再喝一口，日子好长。

如果有现世安稳，大概只在这一口一口的桂花酿里面。

请你来吃牡丹锅

正月初三,我逛街,在一家小店随便逛逛,一转身,发现门外大团大团的雪落了下来,在铁灰天幕上,是织团锦素。我就这样被困在一家不足十平方米的小店里,进退不得,而隔着玻璃门,雪纷纷洒洒,纷纷洒洒,正是日文所说的"牡丹雪",牡丹花那么大的雪。

童年少见花木,花事无非就是每年学校组织我们去看菊花展、梅花展——回来还得写作文,光捧小本抄花名都来不及,所有莺歌燕舞都与我无关。然而牡丹,每一次见到都心有震动,那花,一朵有海碗大,千瓣万蕊,姹紫嫣红,像春天狠狠砸出来的一拳。我形容不出来——美到极致,令人忘言。牡丹是花里的"牡",有男人肉身的壮健与美。

初中学了《爱莲说》,老师就安排作文写"我最喜欢的花",同学当然都是喜欢松、竹、梅、菊、兰、莲……我交了《我爱牡丹》,被狠狠打回来,痛批四个字:格调不高。多年后,我才有机会看到教辅的标准答案:莲花出污泥不染,品格最高;菊花清逸脱俗,但逃避现实;松、竹、梅为岁寒三友,象征伟大的革命精神……而牡丹,牡丹虽艳丽,但象征荣华富贵,同于流俗,品格最下,有余力的学生可以批评之。

俗有什么不好?唯有牡丹真国色,花开时节动京城。人所惯知的红牡丹是杨玉环,肌肤微丰,"一枝红艳露凝香",她就是一个家常化的、天子的妻,"红、艳、露、凝、香"五个字无一不俗,无一不贴切。她出浴、醉酒,给安禄山"洗三",她笑声洒得一天一地。这日子真是有声有色,而她最后的马嵬坡前死,是电视剧里常有的一声急刹,镜头切换到远景,一朵牡丹在雨里悄然坠地。

白牡丹大约是宝钗。她恒常一身家常半新衣服,屋里如雪洞一样,这样素。人人都不谙事务不识银两,偏她是商家女,认得银票,懂得怜老惜贫。黛玉的世界无非只有宝玉,宝钗却对仕途经济有兴趣,人生有除了爱情之外的理想。因此,虽然她"任是无情也动人",但大家也觉得她俗。

但那不沾人间烟火的,一定更高贵吗?还是仅仅是人为的、刻意唯美?

牡丹与生活,有着种种俗丽动人的牵扯。有人说红烧肉是牡丹锅,待到一年三月三,请你来吃牡丹锅——我时常放多了酱油,使它们成了黑牡丹。

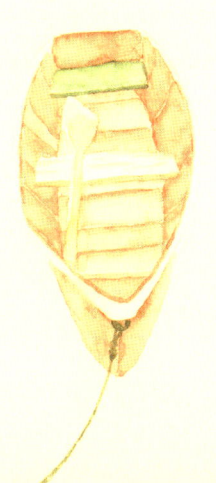

身·外·物

世界之美好，能让我们从容度过暗路与深夜的，无非就是这些小小的，好彩头。日子如锦缎，好彩头便是锦上的花。日子或不幸寂寞如雪，好彩头是雪中的炭。

自己的客厅

朔风时节,人格外恋家,热炕头如果还加上一碗热汤面,就足以让人感动得哽咽。院子里连流浪猫犬都不见踪影——它们也需要抱团取暖吧?

然后,渐渐地,有时候是迎春花先开,有时候是金银花先开。凄风苦雨仿佛永远不会完,但忽然风和日丽,人和被褥都心满意足地出来见见阳光。

岁月长,春衫薄,正适合探亲会友。但,现代人已经不怎么上门访客了。人家太逼仄,我不介意,对方却觉得内衣乱丢、床褥凌乱见不得人;人家太豪华,"讲究极了,走进去像个电影院,走出来又像是逛公园",我又敬而远之。他让我戴鞋套,我心道还不如去逛博物馆;他让我换拖鞋,我为脚趾处的袜洞而不好意思。

世界越来越小?空间与空间却仿佛隔得更遥远,且让我,轻轻地踏上巴格达飞毯,在时间里做一个逍遥的客人吧。

我的第一站,乃是百花里。先得回到1905年前后,沿着大英博物馆周边的一条条狭窄长街,穿过毫无装饰的公园广场,飞毯掠过戈登广场最沉重的一扇木门的上方,徐徐降落,这里是女作家弗吉尼亚·伍尔夫的家,也曾经是伦敦思想、艺术和文化的中心。

1904年,伍尔夫的父亲去世,兄妹四人移居百花里,她大哥剑桥大学的同学经常过来聚会,家中整日欢声笑语。这批剑桥学生,个个怪怪的,"不修边幅,貌不惊人",却都喜欢神侃到深夜,谈的又是最抽象的题目,让弗吉尼亚两姐妹吃了一道又一道精神大餐。1906年,大哥也去世了,她们以为这样高朋满座的聚会就此告终,不料男孩子们来得更勤,有人公开追求,有人只是喜欢与两姐妹为伍,甚至搬到附近比邻而居。

当年英国大学不招收女生,两姐妹早已决定一个从文一个学画,智识与美貌皆有的可人儿举世罕见。于是,"从晚间10点左右到午夜,人们络绎不绝地来到这里。最后一位来访者难得在凌晨两三点钟之前离去。威士忌、小面包、可可是常规的食品。但是,人们上这儿来主要是为了谈话;会谈是聚会的全部内容所在。好些人养成了到这儿来的习惯,那些组织聚会的人,对这些晚会也难以忘怀。"

两姐妹先后结婚,但百花里的茶聚并没有结束:一晚一晚,在客厅优雅的沙发上,弗吉尼亚姐妹及夫婿、经济学家凯恩斯夫妇会一起吃晚饭。一会儿,也许还有刚办完"后印象派"画展的罗杰·弗莱过来坐坐,继续神侃印度艺术或塞尚;或者还能凑巧碰见刚从意大利旅行回来的福斯特,惴惴不安地把未完成的《看得见风景的房间》读给朋友听;旁边心不在焉的凯恩斯满脑子装的则是"就业""利息"与"货币"……弗吉尼亚·伍尔夫在日记里把福斯特的敏感比喻为"蓝蝴蝶",而福斯特则用"女祭司"来形容伍尔夫的严肃和傲慢。

不打扰他们的聊天,轻轻地,我掩上门,重新坐上飞毯。这一次,我想去夏特莱侯爵夫人的客厅里小坐,喝一杯法式下午茶。她是大哲学家伏尔泰的情人,并不美貌,据说"身材高大,毫无风韵,没有腰身,臂膊肥胖,双足奇伟"。也有人说她:"一个样样都大得可观的巨人,精强力壮异乎寻常,不成体统至极,皮肤像豆壳一样粗劣。"但她的西雷别墅是伏尔泰被通缉时的庇护所与天堂。曾经的断壁残垣,因了他才大兴土木;为了容纳他的众多客人,才扩建了长廊。

一日一夜,宾客盈门,不是和她在客厅倾谈,就是和他们一起做实验——别墅里还专门修了一个物理化学实验室。最让大家开心的是,不久,法国科学院举办了一次题为"关于火的性质"的有奖科学征文。伏尔泰与侯爵夫人斥巨资买来各种最新的仪器设备,别墅里上上下下都帮着他们在森林里做实验,小孩则看热闹取乐,当作一场狂欢节。后来竞赛结果公布,他们落选了。但,有时候重要的,不是做出了什么,而是做本身。我,好歹也是工科女生出身,也能在侯爵夫人的客厅里挽起袖子,助其一臂之力吧。

下一站,自然是著名的"我们太太的客厅"。"高高墙里是一座宽阔的四合院……房间面向院子的那面是大片大片的门窗,镶嵌着精致的木格子。格子里糊了或挂着漂白的薄纸,让阳光花花泼洒进来,而外人却看不见里面。院子的北面有一道中央门廊通往客厅,这个厅比别的房间大些,坐北朝南。梁家把几个窗户宽阔的下层窗框上糊的纸卸下,换成光溜溜的玻璃,这样视野范围扩大了些。大片玻璃窗将外面的花草风景延进屋里来,临冬时,寒冽冽的北京,又迎来一片温暖的阳光。每一片玻璃窗顶悬着一卷纸帘,晚上可以放下来,室内室外顿成两个天地。"

从 1930 年冬到 1937 年夏，梁思成、林徽因住在北总布胡同，每周六都有集会，金岳霖、张奚若、杨景仁、周培源、王蒂、陈岱孙、邓以蛰、费正清夫妇……都是座上客。吃的冰激凌和喝的咖啡都是金岳霖的厨师按他要求的浓度做出来的。这样的生活维持到"七七事变"为止。

而最引人入胜的，是这客厅的女主人林徽因。冰心笔下是这样的："她身上穿的是浅绿色素绉绸的长夹衣，沿着三道一分半宽的墨绿色缎边……脸上是午睡乍醒的完满欣悦的神情，眼波欲滴。……（她）仍半卧在大沙发上。诗人拉过一个垫子，便倚坐在沙发旁边地下，头发正擦着我们太太的鞋尖。"

在钱锺书笔下则是："在一切有名的太太里，她长相最好看，她为人最风流豪爽，她客厅的陈设最讲究，她请客的次数最多，请客的菜和茶点最精致丰富，她的交游最广。并且，她的丈夫最驯良，最不碍事。"

冰心的话，一向被人视为拈酸；钱老的话，可以直接当作是吃不到的酸葡萄。总之，她是这样一个美人儿，有这样一个美好的客厅，她的客人间，有"白袷临风，天然瘦削"的诗人；有"四十上下，两道短须"的教授；有"在众人中间不大会说话"的科学家……他们谈些什么？……想来也不会是什么很严肃的主题，美人在侧，座中人大部分隔行隔山，聊一些轻而又轻的"公知识"话题就罢：骂骂时事，讨论一下遥远的文化，嗟叹一下世风不古——也就是微博现在流行的话题吧。

任他们高谈阔论吧，再去哪里呢？万恶的古代是去不得的。话说那合久必分的东汉末年，刘关张三顾茅庐："分付关张二人，只在门首等着。玄德徐步而入，见先生仰卧于草堂几席之上。玄德拱立阶下。半响，先生未醒。"客人排闼直入，迎面就是男主人的睡房——也别提什么客房睡房，就是一个大开间，没有个人隐私可言。诸葛先生当然是装睡，否则，卧榻旁边有人长立，真是屁也不敢随便放一个，怕失了形象。

那些"谈笑有鸿儒，往来无白丁"的故事不过发生在"陋室"；"寒夜客来茶当酒，竹炉汤沸火初红"倒可能是在堂屋了——中国传统的客厅，可是多寒酸。

大观园里当如何？且慢。姐姐妹妹们都没有会客间，"探宝钗黛玉半含酸"，宝玉到梨香院，经过薛姨妈的房，"来至里间门前，只见吊着半旧的红绸软帘。宝玉掀帘一迈步进去，先就看见薛宝钗坐在炕上作针线。"开门见炕，倒真是家常本色。

刘姥姥进荣国府，谒见凤姐的一段也是："南窗下是炕，炕上大红毡条……那凤姐儿家常带着秋板貂鼠昭君套。"见过面，"凤姐点头。刘姥姥已在炕沿上坐了。"我自动把炕在头脑中幻化为长沙发，但还是觉得怪异……现代人的隔膜感跃跃欲试。

这已经很不错了。20世纪40年代的上海，张爱玲住在姑姑的房子里，胡兰成去看望她。他是什么都经见过的老手，她却还是年轻幼稚得甚至不知道爱情该如何谈的小姑娘。

他们的恋爱就是坐在姑姑的客室里，一下午一下午地谈天，"天天来。关着门一坐坐很久，实在觉得窘。"为什么他不带她出去荡马路、看电影、下馆子呢？当然因为他是有妇之夫。见不得光的恋爱，正是如此。

伍尔夫有篇名作《一间自己的房间》，说的是女性困境，永远与人同住，父母、兄弟姐妹或者儿女，想做任何一件事都得带着负罪感东躲西藏。在厨房写几个字，在卧室的枕头下藏着日记本，要笑问鸳鸯二字怎生书，还得"等闲妨了绣工夫"——女工针指才是正业。

所以,那个时代的女性都想结婚,结了婚,至少可以有一个客厅,以女主人身份会客。像王夫人、邢夫人甚至贾母,都已经有至大的权柄。

而在这之外,有没有人想要一间"自己的客厅"?

有一次,我逛街遇到一件华贵的真丝睡袍——正是小说里称它为"晨衣"的那种,我心动一动:这是可以用来见亲密异性好友的衣着,微微倚坐在客厅的贵妃榻上……

我还是,走过去了。

阳台是我的山居

前一段时间去看《巴黎淘气帮》,里面是被精致化的巴黎风光,家家独门独院,绿草地、穿粉嫩衣服的小婴儿、一只碧眼睛的黑猫。邻居有个爱听窗根说闲话的长舌男。两家男主人,隔着树篱,一边修剪自家的枝枝权权,一边无伤大雅地小拌嘴,剪下来的绿叶,嚓嚓嚓,飞了半天,满是兴盛春意。

于是我想起《时间旅行者的妻子》,女主角的母亲每次出场都戴着手套,刚刚从后院的花花草草间脱身。男主与她握手,感觉像鞣过的皮革般粗糙:绿手指不是生来的,是无数次辛勤劳动所致。女儿时常在她新种的小树下捡叶子,她并不阻止,只告诉女儿,那是银杏。到她去世后,女儿才发现她深藏在抽屉里的笔记本:原来她写诗。女儿为诗里的情怀泣不成声——唉,粗心的女儿呀。其实母亲那些没有说出的话,都写在一片片水仙、绿萝及波斯鸢尾里了。

我又想起伟大的陶渊明先生。中国农业社会几千年,读书人如果同时能是地主,则最理想,能够"朝为田舍郎,暮登天子堂",得意则出将入相,失意则"采菊东篱下，悠然见南山"。不知道他会不会有这样的心得：你看那田野里的野菊花，不种也不收，吾等最盛的时候，还不及它呢。

起初陶先生也没想过亲执犁锄吧？"方宅十余亩，草屋八九间。榆柳荫后檐，桃李罗堂前。"前人置的业买的房，种的大树正好乘凉。从都市归家，大概心情和现在的"告别北上广"一样吧？大鱼大肉吃了个足，昏天黑地睡了个舒坦，久坐难免生瘵，又不幸"野外罕人事"，即使见到了，也没有姐姐妹妹，更不是鸿儒到访，都是隔邻左右的地主农人，"相见无杂言，但道桑麻长。"

闲极无聊，索性亲自下地。"种豆南山下，草盛豆苗稀。"我猜他是渐渐爱上了农艺，不惜早出晚归，"晨兴理荒秽，带月荷锄归。"困顿的双脚走在窄窄的小道上，草木哗哗擦着他的踝，夕露沾湿他的裤管。他只说："衣沾不足惜，但使愿无违。"

一个"愿"字，大有文章。向有文人说他退隐并非本愿，而是对朝廷重用奸臣的无声抗议，愤而以脚投票。愿的乃是国泰民安，愿的乃是明君当道，愿的乃是……重回京城。

我倒觉得，这种想法是看低了五柳先生。人就得这么官迷心窍吗？非得见人堆起适宜的笑脸，听着一些合适周到的废话，就不能听大自然的呼吸声，听山鸟的清啭，听正午时分稻穗抽节的声音？人的双手，软弱如是，当命运之车劈面而来，却又如斯强健，可以开垦土地，栽种幼苗，让新生命在自己手中一点点发芽、萌发、抽长。恩怨是非都会过去，当年的那一颗豆种，也许成为谁的一肚美餐，也许已子又生孙，孙又生子的生生不息……写在纸上的文字，与植物一般不朽。历史记得的，不是也不会是一位官员，而是他手上的茧：手指上的茧来自日日握笔，手心的茧，来自日日荷锄。

133

而我更念兹在兹的，是我私淑的作家：毕翠克丝·波特。这名字或者陌生，但我想，你一定听说过《彼得兔》，还有本杰明兔子、格拉斯特市的小老鼠、松鼠提米脚尖儿、平小猪、杰米玛鸭子……我对田园生活的全体想象，都与她有关。除了是作家之外，她还是植被插图画家、绵羊饲养员、勤劳的农场主、体贴的妻子、家乡英格兰湖区忠诚的环境保护者……有人说，对于一个维多利亚时代的女性，她已经远超当时社会的普遍期望值。我得说，即使放到现在，她仍然卓尔不群。

她出生在伦敦富商家庭，最爱的时光却是与家人在湖区度假的日子。她喜欢秀丽的自然风光，也爱养小动物，与小兔子、小松鼠和小刺猬一起玩耍。回到伦敦的日子，她就画下记忆与想象。起初，她只想娱人自娱，把画作和故事都寄给童年家庭教师的孩子，是怎样的机缘，让她出版了第一部书《彼得兔》，且一炮而红。终于有了能自由支配的钱，她立刻买下了一座农场，从1903年起，她一直住在那里。农场生活在她笔下，是一个个含笑带泪的小故事：《生姜和酸菜》里的小店兴衰就发生在村里；《馅饼与小肉饼盘子》里的猫狗茶会写的就是可爱又可笑的乡村社交；《夹心布丁卷》里猖狂得敢收拾小猫的老鼠夫妇，毫无疑问，就住在毕翠克丝家里。

她亲自种植卷心菜和莴苣，野兔们大摇大摆地来偷吃，吃饱了就在田地里的阳光底下，呼呼大睡。给谁吃不是吃呢，她微笑得很宽容。

她单身了那么多年，四十七岁才终遇良伴。她是标准的白富美，家人嫌弃对方配不上她，但她岂是眼光那么浅薄的人？身高、体重、收入、学历何足道哉，重要的是，愿意陪她共同在人间仙境般的湖区里徜徉，和她一起养绵羊剪羊毛，冒着微雨在田间耕作。

她一向厌恶城市对乡村的破坏，总是四处搜寻被出售的农庄，不惜高价置办下来，且维持原样。恰好她的画和书十分畅销，有了钱不买农庄干什么。英国湖区的景致能保存至今，她功不可没。

除了给孩子们画憨态可掬的小动物们，她还细致地以科学笔触描绘各种动植物，想画专业的植物志插图，绘制了蜥蜴、蝾螈、真菌类、苔藓类、蜘蛛……在现在看来仍极具实用价值。毕翠克丝是当之无愧的博物学家。但是由于当时对女性的偏见，她的相关学术成就不曾得到重视。

1878年，毕翠克丝向伦敦林奈协会（林奈，瑞典生物学家，动植物双名命名法的创立者，首创了纲、目、属、种的分类概念。在他去世后，几位生物学家为了纪念他而建立林奈协会，该协会因宣读达尔文与华莱士的自然选择论文而闻名于世）递交了关于真菌繁殖的论文，却遭到粗暴拒绝。多年后，青霉素的发明震惊世界，人们才意识到毕翠克丝在这一领域的原创性。1997年，林奈协会正式发表声明，为当年对她论文的粗暴拒绝而道歉。

没关系，"玫瑰是一朵玫瑰是一朵玫瑰"，即使百年之后。想必毕翠克丝看待这件事，一如那春田里被野兔吃过的卷心菜——明年，新的卷心菜还会长出来。

啊，切莫忘了今人。老舍曾经坚决肯定地说："我爱花，所以也爱养花。"当初新婚宴尔的他，在济南租的房带了一个不大的院子。夫人胡洁青回忆道："当时种满了花草，盆养的畦栽的都有，还有一棵不算小的紫丁香和一大缸荷花。院子里有一眼水井，一早一晚，老舍自己打水、浇花、施肥、捉虫，所以花儿开得很旺盛。每年开春以后，小院里花香不断，五彩缤纷，吸引着不少朋友来我们家赏花……"

在济南和青岛，他搬过几次家，花花草草都带不走，每一次割舍都像与意中人含泪相别，山长水远永无再见之期。抗战胜利后，老舍以为青岛必有大量房屋出售，于是托老友帮他觅房，强调要"带小院子的小房子"，以便"养花、写书、安度余生"——读书人天真了，发国难财的大员不知道有多少，房价再低，总有达官贵人姨太太们占先机，哪里轮得到穷书生？

后来在北京定居，他才终于能够大展身手："我的小院子里，一到夏天，满是花草，小猫只好上房去玩耍，地上没有它们的运动场。"

他谦称："北京的气候，对养花来说不算很好，冬天冷，春天多风，夏天不是干旱就是大雨倾盆，秋天最好，可是会忽然闹霜冻。"他还是说，"在这种气候里，想把南方的好花养活，我还没有那么大的本事。因此，我只养些好种易活、自己会奋斗的花草。"

他工作的时候，总是写一会儿就到院子里去看看，浇浇这棵，搬搬那盆，然后回到屋里再写一会儿，再又出去，如此循环，让脑力劳动和体力劳动得到适当的调节，有益身心，胜于吃药。要是赶上狂风暴雨或天气突变，就得全家动员，抢救花草，十分紧张。几百盆花，都要很快地抢到屋里去，使人腰酸腿疼，热汗直流。第二天，天气好了，又得把花都搬出去，就又一次腰酸腿疼，热汗直流。他说："可是，这多么有意思呀！不劳动，连棵花也养不活，这难道不是真理吗？"

花儿带给他什么？"送牛奶的同志进门就夸'好香'！这使我们全家都感到骄傲。赶到昙花开放的时候，约几位朋友来看看，更有秉烛夜游的味道——昙花总在夜里开放。花分根了，一棵分为几棵，就赠给朋友们一些。看着友人拿走自己的劳动果实，心里自然特别欢喜。"

他种花的手笔真是阔，菊花一种就是三百棵。一年夏天，"三百棵菊秧还在地上（没到移入盆中的时候），下了暴雨，邻家的墙倒了，菊秧被砸死三十多种，一百多棵。全家人几天都没有笑容。"可想而知，秋天他的院子，会比西郊公园更繁盛。

夫人托人从北京西郊植物研究所买来几棵良种柿子树，种在院子里。几年后，柿子树挂上了红彤彤的柿果，甚是惹眼。每年秋天，老舍都会摘一些柿子送给左邻右舍，称曰"送熟"。曹禺就常常受惠、津津乐道。也因此，老舍把自己的院子命名为"丹柿小院"。曾有外国友人这样写道："这是中国首都一间陈旧的小房子，满是花草，屋前一个小花园，开满玫瑰红的大桂花和鲜红的石榴花，其余地方是无数菊花和剑兰，正在含苞待放……"

如果时光能就此停止，该有多好……打住打住，让我们只记得良辰美景吧，那些终将发生的惨伤，请容我掉过脸去。

前人之美难以效仿。台湾作家丘彦明移民荷兰，享受田园生活，著有《浮生悠悠》及《荷兰牧歌》，她称："荷兰是我们一群朋友的理想国。"

我只是羞涩地，花十块钱，买了一盆红花绿叶的植物——卖花人说，它叫"火鹳"。我的阳台，就这样，变成了我的山居。

把生命装饰得美不胜收

我刚到北京时,有一年去看一个朋友。正是秋天,她住在还不曾烧起暖气的半地下室,窗帘紧闭,全靠一盏晃来晃去的白炽灯照亮,人影、家具影都被放大无数倍,重重叠叠,是遥远大海上的浊浪滔天,仿佛海潮正在升起,向我们扑近,行将吞噬。许是看出我的脸色,她拉开窗帘,隔着栏杆,是匆匆的脚与鞋,最多是半截裤管或一截小腿。我却留意到,窗台上一排小酒坛似的玻璃瓶,矮矮的,胖胖的,朴拙而玲珑,有些插着长长的白色芦苇,有些林立着各式发钗发梳,还有权充笔筒的,插了大把七彩铅笔,这些玻璃瓶共同构成小小的颜色树林。朋友告诉我:"是酸梅汤瓶子,我每次喝完洗净就搁在这上面,多好的小摆设。"我为之动容。

朋友现在哥伦比亚大学担任访问学者,这是一个绝佳的励志故事。我却并不意外,我永远记得,她如何装饰小小的出租屋,明知道非久居之地,还是收拾得尽量干净、朴素及婉约。人生,如果能行经处处都是家,那么,天下之大,哪里都可去得，哪里都可住得。她如此给我上了一课。

我想起另一间原本破蔽的屋子，住过一对相爱的人。他们是表姐弟，一见钟情，男孩对母亲说："若为儿择妇，非淑姊（芸娘字淑珍，大他十个月）不娶。"婚后，果然恩爱，曾于七夕镌"愿生生世世为夫妇"图章二方。又曾请人绘月下老人图，常常焚香拜祷，以求来生仍结姻缘。

爱情能否与贫穷抗衡？男人无用且清高，读书屡考不中，做幕僚嫌人家污浊，做家教经常被辞退，开画馆做生意……全一塌糊涂。这样的人，想来情商也不会多高，果然，他三番四次得罪父母，被赶出家门，只能在朋友家中借居。

但男人最大的幸福，就是娶到兰心蕙质、能苦中作乐的妻子。他们"初至萧爽楼（朋友借给他们的房子）中、嫌其暗"。于是芸娘与他一起动手，糊墙纸，以旧竹帘作栏杆。"既可遮挡饰观，又不费钱。"——最后四字，让人多少心酸。就这样，靠一双手，把借来的房子，打扮成了天堂。

沈复与芸娘是中国文学史上最迷人的一对夫妻，大概就因为这些俗琐的小事。他们穷，却维持着尊严。芸娘一直没有自己的家，后来死在与丈夫的东转西徙中。

到现在，大部分女人都有机会成为自己家庭的女主人，仰不必受公婆气，俯不用为了孩子牺牲一切，是多么大的福祉。我爱逛家居店，喜欢那些精巧的小物：田园风、欧美范儿、和式……大部分都可爱得不得了。年轻的小主妇们，想把自己家打扮成什么样就是什么样。

自由就是自主选择人生。《红楼梦》里有一段，贾母带刘姥姥逛大观园，到了宝姐姐房里，一看，"雪洞一般"，立刻"命鸳鸯去取些古董来"，摇头说出一番大道理："年轻的姑娘们，房里这样素净，也忌讳。"便越俎代庖,"我最会收拾屋子的……如今让我替你收拾,包管又大方又素净。"老年人的"大方素净"是什么概念,我还是心中有数的。我猜宝姐姐一定心中暗暗叫苦。但有什么办法?谪仙的地带,也身不由己呀。

我对朋友说装饰房屋的几个要素:首先得有个房子,否则,总不能对空虚拟。以水写在人行道上的字,以沙在海边修的塔,都会迅速消失。房子固然不永恒——但它是骨,骨之无存,皮将焉附?

其次,房子加上爱人、亲人,才是家。而这个家,还得确实属于你——小三的真爱,向来与装修无关。

再则当然是"有钱"。房子是浩大的、空无的,连壁纸都得寸寸算钱。买不起昂贵的清供,所谓的十六头餐具也不便宜。巧妇难为无米炊,再心灵手巧、点石成金,现代社会,石头也不能免费往家搬。

最重要的,也是最不可或缺的,是有爱。爱身边这个人,爱与他有关的、共同生活的日子。与你相抱的刹那,就是地久天长。装饰的不是家,是我们共同拥有的心田。

而哪怕,以上皆非,其实我们仍然可以有美好的装饰。没家没爱人没钱——爱自己,也就够了。照样可以把生命、把居室,装扮得美不胜收。

彩云易散玻璃碎

  张爱玲的《太太万岁》写的是一个普通人的太太。上海的弄堂里，一幢房子里就可以有好几个陈思珍，"穿上'雨衣肩胛'的春大衣，手挽玻璃皮包，粉白脂红地笑着。"这扮相不是不俗气的，但俗得正正好，吻合"普通人的太太"的身份、形象与年纪。与几十年后，人手一个COACH包是一个意思：时髦、体面、小贵——又没贵到让人疑心"女人变坏就有钱"的程度。

  只是，玻璃如何做皮包？又不是童话故事里的水晶鞋。

  稍微一查，呵，竟然还有玻璃背带。唐鲁孙写过《想起了老君庙》，老君庙油田（现为玉门油田）位于甘肃嘉峪关之外，辽阔无涯，沙漠戈壁，因油田才有了人烟。"在矿区的员工，尽管生活安定，可是那种枯寂无聊、孤陋寡闻的环境，住久了谁也受不了的。抗战刚一胜利，矿上从上海来了一位新从海外学成归国的李工程师，他是携眷而来，太太是玻璃皮包玻璃丝袜，先生是玻璃背带玻璃表带，竟然闹得全矿区都轰动了。当时大家总想着玻璃那么脆，怎么能做皮鞋背带。所以孩子们经过这个玻璃家庭的门口，总要往里张望张望，就是大人经过时也少不得要多瞄两眼想瞧瞧这一对摩登夫妇。"

前文说当地孤陋寡闻，后文没另行解释"玻璃皮包"为何物，可见当时的读者人尽皆知，在外头的花花世界极其普遍。时间是"抗战刚一胜利"，从兵荒马乱到恢复生产总需要个缓冲期，就是1946—1947年的样子。张爱玲的《太太万岁》"题记"写于1947年，时间对得上。

我想起有一年我买过一套4开本的老上海海报画册，里面有一张照片的说明是"着玻璃皮鞋的旗袍美女"。我一直以为玻璃皮鞋指漆皮鞋，像玻璃一样亮闪闪。现在想来只怕跟玻璃皮包有点儿关系。找出画册翻了半晌，上网找原图未果，却找到一张陈列"玻璃皮鞋"的老橱窗照片，高跟鞋旁边有标牌，模模糊糊写着英文。仔细辨了半天，plastic shoes——塑料鞋。玻璃皮包当然也就是塑料包了，玻璃在这里只怕是音译。

我还记得的确良（涤纶）的风靡一时，它的鲜艳、轻盈、耐洗、不褪色，显得多么高档，因此，我能体会塑料作为一种新工艺，又是怎样的风头无两。1945年，光美国的塑料年产量就超过40万吨，应该有不少是出口中国的吧。其中，人造革是一种外观手感近似皮革且可以代替皮革使用的塑料制品，玻璃皮包应该用的就是它，淘宝上称为"PV皮包"。

现在PV包是年轻小姑娘背着玩儿的，上不了档次。而一位上海作家回忆他的童年时，写道："到了1947年底，有一个单身女人来了两次⋯⋯这是一个非常时尚的女人，卷发、擦着唇膏，一股香水味。胳膊上挽着一个当年时兴的'玻璃皮包'，皮包散发着玫瑰红色的玻璃光泽，据说这种皮包比真皮贵多了⋯⋯那时，把这些人造的东西叫'玻璃'，都是进口的。"确实是"非常时尚"。

不仅上海小姐如此，外地姑娘亦然。1947年8月《正义报》上登了一则真实案例：旅馆仆役合盗难妇。一位二十余岁的乔氏女，自丹东逃难到沈阳，投亲未遇，住旅馆时被茶房"窥见乔女玻璃皮包内藏有现款十数万元，以及贵重首饰多件"。几个仆役合谋，把她的财物一卷而空。

太不当心了，全部家当居然就放在皮包里。只因为年轻吧，又是富庶人家的女孩子，没出过远门，涉世不深，从不知道外头的虎豹豺狼。国难往往也意味着家变，因此没有一位年长絮叨的长辈教她在内衣里缝口袋——二十年前我第一次出远门时还这么做过。"（刑警）队于此案破获后，觅寻失主不见。大概乔女于发现被窃后，即离开旅馆，而今行方已然不明云。"身无分文、举目无亲的她，能在人海茫茫里度一切苦厄吗？

会席卷而来的事物往往倏忽而逝。柏杨在写于1963年的《西窗随笔》里提到："谈起来高级低级，使人想起来玻璃皮包，玻璃皮包真是妙不可言，用不着抹油都光亮如镜。记得十年之前，塑胶产品刚刚问世，价格贵得要命，有钱的太太小姐提上一个，走起路来飘飘欲仙，好像身价都比别人高一块钱。一个流行的太太小姐如果没有玻璃皮包，简直跟没有裤子一样，有点无脸见人的趋势，认为用真皮皮包的不是土豹子，一定是破落户。可是一年不到，塑胶产品大批出笼，用的人头不对啦，高级低级，遂倒转了过来。有一天，巷口那个白胖太太，一瞧柏杨夫人也拿了一个玻璃皮包，在菜市场上用小脚拧来拧去买萝卜，气得脸色铁青，当场就把她自己的玻璃皮包摔到水沟里，一面发表意见曰：'真是年头大变，连不三不四的老太婆都用起玻璃皮包啦。'老妻气得直翻白眼。呜呼，这不是玻璃皮包低级，而是人低级，把玻璃皮包也带低级矣。"

听过类似的调调，说是大陆人太爱买买买，生生把某些名牌买得失了身份，连累人家成了街包、街机。闻言只能微微一笑。不是柏太太带低了玻璃皮包，是所有需要追赶的时髦都会掉队。雨打风吹春去也，彩云易散玻璃碎，连渣子都被扫得干干净净。

玻璃皮包，红了一年不到。有时候，人还红不到一年呢。

好彩头是锦上的花

人难免有浅薄的一面,说话做事爱讨个好彩头。

给新婚的朋友红包,真心真意地奉上"999",是祝他们天长地久,"1001"呢?说他们是千里挑一的伴侣。

有人买房子要八幢八楼,一路"发",有的一定要七幢七楼,七上八下嘛。

再科学理性的人,难免有些时候不愿意触霉头,要讨个好彩头。

我一位朋友这么做了之后,自己讪讪地说:"想起来也挺可笑的,你要笑我吧?"

我斩钉截铁地答道:"我不笑你,这也不可笑。"

作家席慕蓉说过一段她的心路,我一直记得:

她少小离家,五十之后才重回蒙古高原,家乡的故老为她准备了鲜艳的民族服饰。那大红、明蓝、艳黄……闪瞎人的眼。她身为都市女子,穿惯了黑白灰的素淡基调,一时觉得难以上身。

而真到了草原之上,一大片蔚蓝的天空,一大片青青的草原,看久了全是背景色,背景之上,又只有更加无影无形无声无味的空气。她难以形容这辽阔而平静的无聊,突然间,远远天际线上,跃出一个红点,如旭日,迎面而来,又如云霞。近了,更近了,是个一身红衣的少女,正骑在一匹白马上奔驰。

席慕蓉说,她突然明白了,蒙古华服的力量。

我努力想象她笔下的情景,想找出最合宜的形容词,三个字自然而然地涌现:好、彩、头。

好在哪里?一是彩,一是头。

冰山只有八分之一露在水面上,那水面下的八分之七你看不到,你看得到的那部分,也许一样冰冷坚硬,但它在阳光下熠熠生辉,映出七彩云霞。怎能不脱口叫一声"好"?

钱塘江大潮铺地盖天,浊浪翻滚间似乎宇宙都为之震撼,随时被吞噬。却有一小抹艳色在波峰浪间闪现,那是一面小小的红旗,在弄潮儿手中。大水如壁立千仞,水涨旗高,它永远在最高处;巨浪跌落如雪崩,它随之一路滑坡,但总在谷底再次攀升。它是那么小小的,一点点彩头,却平衡了最凶猛的大自然。你又怎能不为它叫好?

自然界有其冷酷:苍天不动声色,黑土孕育一切,白雪世界何其冰冷。相应地,就有朝霞满天,春光灿漫,以及红梅朵朵,都是偶尔赏予人间的好彩头,正如少女黑发边的一朵蔷薇。

社会亦是如此。生活是艰难的,国家大事要胼手胝足来完成。你乐于奉献,不怕苦不怕累,不怕劳而无功,但是,很累很累的时候,你想不想有一杯茶？极疲倦的夜，你希不希望身边有一个美好的人？你不在乎付出，但你愿不愿意得到几句好话、几句赞美？这一切，微细却美丽的事物，如同草原上的红衣女子、大漠里升起的一轮明月，漠漠水田飞过的一只白鹭。每一次看到，都让你的心也闪一下，觉得是个可亲的好彩头，意味着好运，意味着这世界将予你承诺。

就像巧克力蛋糕的一层黑一层褐，不让人失落，因为在它的头顶上，永远安着一枚小小的红樱桃，像钻石之于情爱，像彩头之于人生。

它的完美无瑕，是一种象征，象征世界的完整无缺；它的美味可口，是一种证据，证明日子的香甜；它的红，它的青春，带给每个人勃勃的生机。

世界之美好，能让我们从容度过暗路与深夜的，无非就是这些小小的、好彩头。

日子如锦缎，好彩头便是锦上的花。

日子或不幸寂寞如雪，好彩头是雪中的炭。

日子像梁，上面挂满了篮子

许多许多年过去了，他漂洋过海，他闯关千里，他功成名就，是学界一代达人。他老了，齿缺发秃了，有时候不记得眼下的事，有时候会忘记身边的人——老伴早逝，看护们来来去去，分不清面容和名字也正常，他却老记得：老家屋梁下挂满的篮子。

也许你没听说过尉天骢，他是读书人，台湾政治大学中文系教授，曾经创办《文学季刊》，为一代台湾作家提供了园地。到老了，他陆陆续续写一些小时候的事。

打早起，尉家也是大户人家。"鬼子"下乡扫荡，又是空袭，房子烧的烧，毁的毁，男人们不是去打"鬼子"就是去读书，女人们像燕衔泥一样，垒起一个新家——一个"茅草庵子"。整个三间房子，连同两间牛屋和锅屋在内，除了房间和窗子是木材拼凑起来的，整个屋顶都是用厚厚的麦穗子铺垒起来的。就别提家具、农具还有其他的了。这已经是个家，比住在破庙里强很多。

只是，母亲不停地埋怨，说要找这个东西找不到，要找那样东西也找不到，而且东西没处放，都放在篮子里挂在梁上，经常碰到人的脑袋。

不管怎么样，生活还是在继续，又开始慢慢地积东西，一点两点，都是宝贝。屋梁上挂满了一大串篮子，搬个凳子，伸手往里面一摸，总是有一些吃的。特别到了过年的那段日子，奶奶和母亲总会想尽办法，混了些杂粮，做了些馒头、包子、还有撒子、麻花和绿豆丸子。奶奶说得好："再苦的年岁，年总是要过的，日子总是要过的。"她让孩子们随意去拿自己爱吃的东西，但是有一只篮子，母亲是不准小天骢乱翻的。

那篮子里是什么呢？天骢看到母亲在其他人都睡下的夜，把它从梁上取下来，原来都是一张张抻得平平的纸，上面密密麻麻写满字。识字不多的母亲轻轻抚着它们，满是老茧的手掌有触碰婴儿般的柔情。她端详半天，放回去。小天骢知道，那是父亲的家书。在外地奋斗的父亲信写得不算少，可在战火连天的岁月，却不能保证封封都寄到。每一封都是言之不尽的思念，母亲担心孩子们摸东西的油手把它弄脏了。

再想起来，母亲收纳的岂止是一封封信，那是幸福呀，那是苟活之人对家园的渴望呀。

和平盛世的人，也有自己的篮子吧？

那年席慕蓉十四岁，刚入台湾师范大学艺术科，她好想家，晚上躲在宿舍被窝里流泪，呼唤自己的母亲。

秋天是母亲的生日，她特地花了很多心思做了一张卡片送给母亲。在卡片上，她写了很多，也画了很多，她说母亲是伞，是豆荚，她是伞下的孩子，是荚里的豆子。卡片送出去之后，这件事她也就忘了。

很多年后，母亲决定去德国陪伴在当地教书的父亲，出国前，她交给席慕容一个黑色的小手提箱，告诉她，里面装的是整个家族的重要文件，要她妥善保管。

黑色手提箱一直放在阁楼上，席慕蓉从没想过去碰，直到有一天，为了找一份旧户籍资料，她才把它打开。

"我的天！真的是整个家族的资料都在里面了。有外祖父早年那些会议的照片和札记，有祖父母的手记，他们当年用过的哈达，父亲的演讲记录，父母初婚时的合照，朋友们送的字画，所有的纸张都已经泛黄了，却还保有一层庄严和温润的光泽。

"然后，我就看到我那张大卡片了。用红色的原子笔写的笨拙的字体，还有那些拼拼凑凑的幼稚的画面，一张用普通的图画折成四折的粗糙不堪的卡片，却被母亲仔细地收藏起来了，收在她最珍惜的位子里，和所有庄严的文件摆在一起，收了那么多年！"

妈妈说了，那里面收的都是家族的重要文件，一个小女孩的爱，算重要文件吗？当然，对一个家庭来说，还有什么比爱更重要？

这份收纳是温馨美好的，而如果你的收纳里存满了泪水，怎么办？要不要扔掉它？

琦君五岁起，便与长她三岁的哥哥开始收集各色各样的香烟片。经过长久的努力，他们把含《封神榜》故事的香烟片几乎全部收齐，收藏在一只金盒子里——这是父亲给他们的小小保险箱，外面挂着一把玲珑的小锁。小钥匙由她与哥哥保管。每当父亲公余闲坐，兄妹俩捧出金盒子，放在父亲膝上，把香烟片一张张取出来，要父亲仔仔细细给他们讲画面上纣王、比干的故事。

有一次，父亲打仗回来时，带了一百名大兵来。他们一个个都雄赳赳，穿着军装，背着长枪。幸得他们都是烂泥做的，只有一寸长短，或立或卧，或跑或俯，煞是好玩。两兄妹每人分得五十名大兵，领着天天临阵作战。只因过于认真，双方的部队都有损伤。一两星期以后，大兵们都折了臂断了腿，残废得不堪再作战，被收容在金盒子里长期休养。

到她八岁那年，父亲带兄长北上，不多久，便传来兄长去世的消息。父亲带着愁容一个人回来后，取出一个小纸包给琦君："这是你哥哥在病中，用包药粉的红纸做成的许多小信封，一直放在袋里，原预备自己带给你的。现在你拿去好好保存着吧！"是十个小红纸信封，每一个里面都套有信纸，信纸上都用铅笔画着"松柏长青"四个空心的篆字，其中一个，已写了给琦君的信。琦君足足哭了一夜，第二天把小信封收在金盒子里。

三年后，母亲领养了一个小男孩，是琦君的新弟弟，琦君把自己与哥哥幼年的玩具都给了他，却始终藏着这只小金盒子。有一次，被弟弟发现了，跳着叫着一定要。母亲叱责琦君："你这么大的人，和个六岁孩子争玩具。"琦君无可奈何，只能含着泪让给小弟弟。

金盒子在六岁的童子手里多么不坚牢啊！琦君眼看弟弟扭断了小锁，打碎了烂泥兵，连那几个最宝贵的小信封也几乎要遭殃了。她的心绞痛，赶紧趁母亲不在，从小弟弟手里把盒子抢回来。

一年又一年，弟弟渐渐长大，他明白姐姐爱惜金盒子的苦心，帮她用美丽的花纸包扎起烂泥兵的腿，再用铜丝修补起盒子上的小锁，说是为了纪念那位不曾晤面的哥哥，他一定得好好爱护这只金盒子。不料在琦君十九岁那一年，弟弟也因病去世了。

一兄一弟，金盒子都见证了他们的死亡，暗淡的人间，茫茫的世路，就只丢下琦君踽踽独行，琦君决定，永远收藏金盒子。每当她打开这修补过的小锁，抚摸着里面一件件的宝物，发现贴补烂泥兵脚的美丽花纸已减退了往日的光彩，小信封上的铅笔字，也已逐渐模糊得不能辨认了。她痛悼哥哥与幼弟的心，与日俱增，这些黯淡的事物，正告诉她，他们的离开是一天比一天更远了。

我们现代人的麻烦与琦君相反，不是纪念品太少，是太多。去个清迈买一堆手镯脚链，几十年没派上过用场的通讯录也不舍得扔——只因为那上面有最初供职单位的号码。要如何收纳才是正理？索性断舍离吧。握不住的沙，可否扬了它？

有一个日剧《我的家里空无一物》，说的就是"收纳的极致是放弃"。麻衣是极简主义奉行者，什么用不上的东西都扔掉，浴巾扔掉，用两条毛巾代替，扔掉了结婚前跟老公一起戴的情侣对戒；扔掉了毕业纪念相册；甚至还想扔掉结婚照，因为觉得"反正有底片，需要的时候随时可以洗出来"。所有当下的人当下的物，她都知道不长久，所以过去的人过去的物，都像从来没存在过。

女主角要卖掉一个自己喜欢过的包时，说："我很喜欢过你，手感、暗缝，我全都喜欢，我会努力习惯接下来没你的日子，你的话，绝对会遇到喜欢你的人。"就像对待旧情人一样，既依依不舍又斩钉截铁。

麻衣的奶奶和外婆都觉得她是个变态，也有无数小的纷争。"你为什么扔掉我的布丁杯？""我从来没见你用过。""我当然不用，那是我用来喂鸟的。"

但经历日本大地震后，老家的房子受灾严重，无法再居住，全家人只好亲手把最低限度的必需品搬到了临时住的公寓里。直到这时候，他们才发现：人类生活所需要的东西，只要那么一点点。失去了什么都不可惜。

到最后，奶奶去世了，轰一声，很多遗物需要整理。拜客那么多，因为扔扔扔，靠垫都不够用了，母亲只好和麻衣商量：要不要拿枕头暂用？突然物件不完全是物件了，是时间、记忆，是那些你不想放弃的东西。每个人都在思索人生：如果有一天我也走了，会留下些什么，会不舍得什么。

这方面，也许文字工作者是有福的，到底有文字能留传后世，一生的心血被收纳到书架上时，顶多也就占一排。当然也有遗憾。在夏志清《张爱玲给我的信件》里，收录张爱玲在这一时期，写给夏志清的信件共一百一十八封，扉页上写着这样的一行字："三十余年的书简往复，见证了文学史上最难得的相知相惜。"幸而夏志清有心，收集了中晚期的来信，也幸而张爱玲挑剔而讲究，"信大都写在'洋葱纸'上，隔了多年，洁白如旧，折缝的地方也不会破裂。""洋葱纸"是较为高级的一种书写纸张，质薄、半透明并韧性好，表面又有细小的褶皱，看起来像是汲取了水分的洋葱片，否则怎么存得住？

早期的书信，夏志清没来得及存。张爱玲那边呢？她自己爱说"一搬当三烧"，她晚年不断搬家，又住过好长一段时间的汽车旅馆，什么东西都不停地扔扔扔，手稿都多次失散，许多传说中的小说再也没有面世的机会，来往信件估计全都不存。

庄信正也说过，张爱玲曾经要送他一件礼物，是爱玲母亲的遗物，他当时觉得太贵重，拒绝了。后来礼物哪里去了？皮之不存，毛将焉附呀。

我还记得她笔下岁月静好的日子。"如果当初世代相传的衣服没有大批卖给收旧货的，一年一度六月里晒衣裳，该是一件辉煌热闹的事罢。你在竹竿与竹竿之间走过，两边拦着绫罗绸缎的墙——那是埋在地底下的古代富室里发掘出来的甬道。你把额角贴在织金的花绣上。太阳在这边的时候，将金线晒得滚烫,然而现在已经冷了。从前的人吃力地过了一辈子,所作所为,渐渐蒙上了灰尘;子孙晾衣裳的时候又把灰尘给抖了下来,在黄色的太阳里飞舞着。回忆这东西若是有气味的话,那就是樟脑的香,甜而稳妥,像记得分明的快乐,甜而怅惘,像忘却了的忧愁。"

所以,说来说去,我还是喜欢收纳,像只金花鼠一样,兢兢业业,把松果、彩石等一切带回家,存起来,冬寒的时候,能吃的都吃了,不能吃的,我看着也开心呀。

日子像梁,上面挂满了篮子,每一篮都有我喜欢的东西。

也许,你最珍贵的记忆不过那么些,财物都可以断舍离,割舍不掉的,也许只是几封信、一些回忆、一些曾经咸过的泪水。

让它既活在大地上 也活在墙上

话说一位美国女士到巴黎游玩，看到一个小巧的庭院，花木葱茏，整饬得颇有匠心。她看到一个小老头在烈日下勤勤恳恳地拔草种花，一定是园丁了，于是动了求贤之心，上前打个招呼后，便问："您是这么敬业爱业又审美极佳的好园丁，是否愿意随我远赴万里，到海的那边工作？我会给你个好价钱的。"老头笑道："承蒙不弃。奈何在下此刻在巴黎还有职务在身，不便远离。""除了园丁之外你还有职务？辞了就是。"老头闲闲道："辞不得。他们聘我当法国总统，任期还未满。"

安理和总统和他的小院，能令萍水相逢的陌生人一见倾心，可见有多么美好，他蹲在院中兢兢业业的身影又有多打动人。

政界人士对于中国人来说，就是大官。大官们的业余生活是什么样的？毫无疑问，醇酒妇人而已，有著名的《韩熙载夜宴图》为例。也有大小宋的故事为佐证：宋氏兄弟二人天天苦读，最后都功成名就，小宋天天吃喝玩乐、飞扬

155

跋扈,哥哥受不了,派人问他:"还记得我们当年吃苦的情景吗?"小宋于是反问:"还记得我们当年吃苦为了什么吗?就为了此刻能不读书,能尽情享受世俗生活。"

但其实,阅尽繁华后,也可以回到生活的最本原:种花、喝茶、跑一个简简单单的步,观照内心而不是看戏唱歌,与自我对话而不是闲扯淡。就像安理和总统,能在为政之余,从公事上脱身,摆脱烦人的公文,就专注于这一茎花这一棵树,是多么幸福的事。

爱种植的西方名人还有许多,《走出非洲》的作者卡伦·布利克森客居非洲十八年,勤勤恳恳地经营咖啡种植园。她最爱的画面,就是当她乘飞机翱翔在非洲上空,从空中看到自家的咖啡园:在一片灰蒙蒙的绿色大地里,它一枝独秀,满目鲜绿。

在当时的肯尼亚,生活着这样的一群人,每日孜孜不倦地讨论思考播种、剪枝以及采摘咖啡果的事情,晚上睡下,又开始苦思冥想如何建立咖啡加工厂。

她写道:"咖啡的成长是一个漫长的过程,完全不像你想象中那样,刷一下开花,又刷一下结果。年轻岁月里,你满怀希望,瓢泼大雨的日子,从温室里扛出年轻幼弱、闪闪发光的咖啡幼苗。农场里每一个人每一双手都在田里,湿润土地上早已整整齐齐挖好了坑:把咖啡苗放进去,让它们长高长大;为它们砍下灌木枝,搭成厚厚的凉篷以阻挡阳光的直射。对幼年的咖啡树来说,荫凉是它们应享的特殊优待。总得四五年之后,咖啡树才能够有收成,这期间,干旱、病害往往接踵而至,而野草除之不尽,肆无忌惮地蔓延——一种叫'海盗旗'的豆荚类植物,狭长粗糙的果皮总是钩在你的衣服和袜子上。有些咖啡树种得不好,主根受了伤,一开花就死了。1公顷土地大概种1500多棵树,而我的咖啡园有240公顷大小。黄牛拖着耕耘机，沿着树的行列，在田地间上上下下，行程几千千米，默默等待着即将来临的犒赏。

"咖啡园里有几幅图景美不胜收：雨季初来，盛放的花朵闪着微光，在迷雾及蒙蒙细雨中，宛如粉笔绘出的云朵，笼罩在240公顷咖啡园的上方。咖啡花有一种淡淡的、略带苦涩的芬芳，像黑刺李花；当大地被成熟的咖啡果染红，所有的妇女和所有的孩子都倾巢出动，和男人们一道，收割咖啡果。"

种植园是主业，自家的花园是她的游乐场，她试着培育出欧洲的花卉。有一年她回家乡，一位丹麦老夫人给了她12只上好的牡丹球茎。植物进口条例是很严格的，卡伦颇费周折才把它们带入肯尼亚。她用极细致的文字写下了种植的全过程："将它们种下后，它们几乎立刻就发芽，爆出曲线玲珑、影影透红的枝梗，随后生满繁枝茂叶和圆圆的蓓蕾。第一朵盛放的牡丹，被命名为内穆尔女大公。"内穆尔女大公是谁？这可是一位大牛人，是法国国王弗朗索瓦一世的母亲，酷爱艺术，支持文艺复兴，与儿子一道成为艺术家的保护者，达·芬奇便与他们娘儿俩来往甚密。

卡伦一直记得，那是一朵饱满的白牡丹，独立枝头，雍容华贵且富丽堂皇，散发着清新甜美的香氛，花香扑鼻。她把它切下来，放在起居室里的水瓶里清供，每当有人进入房间，必定驻足停留，对它品评不已。怎么，这是朵牡丹！沙漠里竟能流蜜与奶油，非洲居然也能开出牡丹花。

但之后不久，植株上的其他花苞未经开放便已枯萎，随即纷纷凋零，她没有看到第二朵花。

几年后她与一位在当地工作的英国园丁聊天，说到了牡丹。"我们在非洲引种牡丹从来没成功过。""也不可能成功，除非能设法进口开花的球茎到这里来,就可以采它的种子了。"园丁自豪地说,"我就是这样把飞燕草引进非洲的。"

卡伦痛悔不已,她无意中这么做了,以这种方式,她本可以把牡丹引入肯尼亚,让她名垂后世,正如内穆尔女大公本人那样。她却亲手毁了她的千古浮名,只因切下那朵唯一的牡丹花,把它浸到了水里。

此后,她时常在梦中看到那朵白牡丹在枝头成长,满心欢喜:原来我根本没把它切下来呀。可惜,每次梦醒她都会发现,这,不过是一场梦。

在这方面,中国人有更独特的爱好,我们玩盆景,这是缩微的山水,长在盆里的折枝花卉,周瘦鹃是其中的高手。

现在周瘦鹃的书不太有人看了,在20世纪20年代,他是著名的鸳鸯蝴蝶派作家,创作了大量的以哀怨为主调的言情小说,被人们誉为"哀情巨子""哀情巨擘""哀情大师"。此外,他编过报纸,出过杂志,办过《紫罗兰》《半月》《礼拜六》,张爱玲最早的几篇小说《第一炉香》等,都是发表在《紫罗兰》上,他可以算是张爱玲的引路人之一。同时,他也是中国第一位翻译高尔基作品《叛徒的母亲》的翻译家。又编又写又翻译,周瘦鹃是一个非常勤奋的作家。

与此同时,他也拿出了大量的时间和精力制作盆景。苏州是园林城市,家家都有摆弄花草的传统,周瘦鹃亦不例外,时常在书桌上摆放几盆以自娱。有时为了搜集珍品,他往往破重金买下。一次,他在苏州临顿路一家古董店见到一株枯干虬枝、白花朵朵的百年老梅桩,甚是倾心,最后倾囊买下,并作绝句:"幸有廉泉润砚田,笔耕墨耨小半年。梅花远比黄金好,那惜长门卖赋钱。"小半年的稿费只用来买一株梅桩,旁人看来,这是冒傻气,但在他心目中,梅花远比黄金好。

后来他又以平日卖文所得，在苏州甫桥西街王长河头3号，买了一个废园，修建了"紫兰小筑"，其中遍种各种花卉树木，苍翠满目，姹紫嫣红，香飘庭院。至今，"紫兰小筑"仍是城区私家花园中拥有盆景最多的、最有文化韵味的。

周瘦鹃最爱的花是紫罗兰，有杂志、园名为证，此外便是松柏与梅花，在他的盆景中，占了相当大的数量。有鉴于世风日下，在紫兰小筑最显眼的地方，他放置了四盆用百年柏树制作的仿苏州光福司徒庙中称为"清""奇""古""怪"汉柏的盆景。凡参观者，他必领去介绍一番，解说松柏高尚的节操，使客人在艺术欣赏中领悟做人的道理。

"八一三事变"后苏州沦陷，周瘦鹃避居上海，经人介绍，周瘦鹃加入已有数十年历史的国际性的上海中西莳花会。1939年夏，周瘦鹃带了22件盆景作品参加年会活动，以百余年的爬山虎古桩作主体，附以松柏、菖蒲、黄杨、文竹、六月雪、金茉莉、细叶冬青，配以红木矮几和十景橱陈列，获得了荣誉奖状。翌年秋季年会上，他又以悬崖白菊、蟹爪黄菊，分种于紫砂古盆和古瓷瓶盎间，附以菖蒲、小榆、稚柏、水棕竹、灵璧石、达摩像等点缀品，加上山水盆景共29件作品参展，这典雅、古朴、别具中国风味的盆景，令他获得了总锦标及英国彼得葛兰爵士大银杯一座，打破了该花会多年来外国人独霸奖项的局面，为中华民族争了光。

周瘦鹃认为，"苏州盆景的传统风格，总是把树木扎成屏风式、扭结式、顺风式和六台三托式等，加工太多，很不自然，并且千篇一律，也显得呆板而缺少变化。"他匠心独运，在盆景制作中注入新的思考，"自出心裁的创作"，由此开创了苏派盆景艺术的新局面。

他的盆景，是文人的盆景。每一次制作，要有一个很有意境的盆栽的桩，栽种在精选的盆里，还要配个很漂亮的红木架子，三景结合才叫盆景，才有意境。所以，人家的盆景膀大腰圆，周氏盆景小巧精致，如山水画，如一阕小令，如玲珑心事。

不仅作家如此，画家也如此。莫奈曾说："我一生中最重要的事只有两件，种花与画画。"

"……在 15～20 日种下天竺牡丹，在我回去之前，将它们带着新芽移植到户外，不要忘了水仙的球茎。日本牡丹到达之后，如果天气允许，马上种上，要小心不让叶芽受冻，也不要让太阳直晒。接下来要开始修剪了：玫瑰树枝不要太长，除了那些多刺的品种。在三月的时候撒上草籽，将旱金莲花移到户外，要密切注视温室里的大岩桐、兰花等以及支架下的植物……"

也许你很难想象，这封事无巨细的种花指南，是莫奈写给园丁的。1879年，莫奈毕生挚爱的妻子卡米尔因病去世，从此他的画中鲜有人物出现。1883 年，他搬到了吉维尼小镇上，成为一名花匠，并将余生倾注于对花儿的创作之中，那一年，他四十三岁，之后，他用了四十三年雕琢花园，花园占地约一万平方米，在这期间，"挖地、栽种、除草、锄地，全部亲力亲为。"他亲切地称园丁们为"孩子们"，"到了夜里，孩子们负责浇水。"

莫奈最爱的花莫过于睡莲，为了爱，他为它们设计并建造了水园，其中睡莲、柳、竹、枫、紫藤，是最重要的植物元素，曲径通幽，小桥流水，充满浓厚的日式风情。他一生创作的睡莲图，多达 250 幅。

不仅如此，他还带动了大量的画家购置并制作有自己独特风格的花园，使得园林史上相辅相成地创造出了一种风格——"印象派园林"，以莫奈的花园为典型代表。

你呢？你想有一个自己的园子吗？在工作之余，与大自然打交道，晴耕雨读之外，总有植物陪着你。有一位美国画家克莱尔就是这么做的。2011年，她和丈夫买下了一座始建于18世纪、被废弃了四十年、占地三千平方米的破败城堡，那里经她一步一步地完善，成为一处里里外外鲜花齐放的工作室。每天，她在院子里侍弄花草，还常常从野外扛回沉重的树枝和野花野草，雏菊和罂粟是她的最爱。数不清的花草树枝装点了画室的每个角落，同时也成为她描绘的对象，一幅作品出来，作为挂画、屏风、墙面，总是能轻易成为城堡装饰的一部分。

花儿与作品融为一体，分不清是真实还是画作。"把我挚爱的植物静物画融入城堡的装修，看似不经意，但它们却大大提升了我的生活质量。"

想想看，亲手种下一株栀子花，静静守护它开花，再亲笔绘制它每天的容颜，让它既活在大地上也活在墙上，是多么美好的一件事。

似这般姹紫嫣红

名著《红楼梦》,是女性的百科全书,却许多都是以一个男人——贾宝玉的视角来体现的。

有一回《喜出望外平儿理妆》,说的是凤姐在生日那天发现丈夫与人偷情,不由得拿着平儿撒气。平儿哭得哽咽难言,众人解劝,老太太也主持公道,才渐渐平复,洗脸换衣。宝玉一旁笑劝道:"姐姐还该擦上些脂粉。"

细细写来是这样的:"宝玉忙走至妆台前,将一个宣窑瓷盒揭开,里面盛着一排十根玉簪花棒,拈了一根递与平儿。又笑向她道:'这不是铅粉,这是紫茉莉花种,研碎了兑上香料制的。'"——那个时代,他们已经知道铅粉会造成重金属盐中毒吗?确实不能小看中国文化的博大精深呀。

"平儿倒在掌上看时,果见轻白红香,四样俱美,摊在面上也容易匀净,且能润泽肌肤,不似别的粉青重涩滞。然后看见胭脂也不是成张的,却是一个小小的白玉盒子,里面盛着一盒,如玫瑰膏子一样。宝玉笑道:'那市卖的胭脂都不干净，颜色也薄。这是上好的胭脂拧出汁子来，淘澄净了渣滓，配了花露蒸叠成的。只用细簪子挑一点儿抹在手心里，用一点水化开抹在唇上，手心里就够打颊腮了。'"——看他说得这么专业，不免让人莞尔：这大少爷是个富贵闲人，成天没正经事可做，专在女孩子身上下功夫，女孩子们的一衣一裙，一簪一履莫不关心。如果放在今时今世，说不定能成为一个好的服装或者形象设计师呢。

"平儿依言妆饰，果见鲜艳异常，且又甜香满颊。宝玉又将盆内的一枝并蒂秋蕙用竹剪刀撷了下来，与她簪在鬓上。"这一幕既美又恬静，像一对年轻的小夫妻，而不是兄长的侍妾与堂弟这种暧昧生疏关系。宝玉心里肯定甜滋滋的，自己也承认"竟得在平儿前稍尽片心，亦今生意中不想之乐也。"所以回目中是"喜出望外"。平儿呢？她是凤姐的左右手、当家理事，却又从来做小伏低，伺候两位主子无微不至，偶尔有人愿意伺候她一下……也许她心中有所涟漪，但那也不过是风过水无痕吧？

这样来想，张敞夫人就比平儿幸运太多。

她是一个没有留下名字的女人，我们对她的生平一无所知，但关于她的故事，万古流传，因为她嫁的男人叫张敞。

张敞是能干的官员，他任京兆尹时，治安不好，小偷猖獗，他以高超的管理技巧加以整顿，使得地方平靖。你看那忙得团团转的，多半是平庸之人；高手一招安天下，从此可以气定神闲，他有时间，在深闺里为妻子画眉，久而久之，长安中传：张京兆画的眉毛好妩媚的。

卧榻之私，何以外传？想来无非是两条途径。张敞宴客之时带上夫人，不理他人身边的歌姬如云，他只自豪地告诉朋友："我夫人的眉毛是我画的。"

要不然就是张夫人喜滋滋见闺蜜见妯娌，人家珠环翠绕，她管自素面朝天，但——"我的眉毛是郎君亲笔所画。"

再怎样的无价之宝，都能拿钱买到；可是一个有情有义、愿意细致地为妻子画眉的男人，是上天的恩赐。

足够让有些人羡慕嫉妒恨了，就有人向皇帝说张敞的不是，夫妻恩爱，何错之有？大概是觉得：你既然是朝廷的人，就该百分百为朝廷卖命。你不应该再是个有血有肉的男儿身。儿女情长的人，一定会英雄气短。

皇帝问张敞，张敞答得理直气壮："臣闻闺房之内，夫妇之私，有过于画眉者。"皇帝赏爱他的才能，也可能是被他这温柔的爱妻心肠打动，没有责备他。

但是，张敞也因此没有得到高升。哼，那是皇家的损失，不是他的。就这样做一员太平官吧，让他留更多的时间与妻小做伴，自此芙蓉帐暖，不必上朝。而张夫人的眉，今儿小山，明儿叠翠，忽儿淡扫，突地大浓，一定是引导了京师的流行潮流。

美妆是否都跟男人有关？这……不好说。反正张爱玲说过："女人一辈子讲的是男人，念的是男人，怨的是男人，永远永远。"

而男人呢，一生念念不忘的，也无非是女子的眉峰轻蹙，或者烈焰红唇。

二战期间，全世界的物资都用在了战争上，一切奢侈品都停摆。在《巴黎最后一班地铁》里能看到，最爱俏的法国女郎买不到丝袜，就用细笔在腿上画出来，为了逼真，还特地画几处钩丝的地方。所有彩妆都量产，但英国首相丘吉尔坚持：一定要大量生产口红。而且他还鼓励女孩子们，无论经济多困难，衣服多么缝缝补补，一定要买一管艳丽的口红。"想想吧，当我们的士兵从前线回来时,他们想看的是什么呢?"素颜上的一点朱唇,是战火连城下唯一的生机吧?口红,在这里有了鼓舞士气的作用。

而中国的花木兰,则是在离开战场后,才恢复化妆。从军十二年,像男人一样晓行夜宿、满面风霜,终于可以回家了。有趣的是,家人的反应各不一样:父母互相搀扶着到郭外迎女,小弟赶紧杀猪宰羊,而姐姐在做什么呢?"当户理红妆",要给木兰看最美的自己。

木兰自己也一样,开门进屋第一件事是换上闺女装束,第二件事就是"当窗理云鬓、对镜贴花黄",然后出门看伙伴——你们现在知道我是女郎了吧?而且是面目姣好、妆容艳美的女郎。

总觉得女子化妆,有一种洗心革面般的作用。一层层霜、粉底、散粉打上去,是巧手,也是一种心情,对镜看见自己经过岁月、被风霜侵蚀的脸、皱纹瑕疵像些前尘往事,一点点在粉妆的呵护下渐渐模糊,不再想起。化完妆又回到少女时的光洁,每一根面部线条都不由自主地温柔起来。

这是一种对尘世的隔离、对老去的抗拒、对自己的固执。这就是木兰在做的事。她曾把自己交给亲情、代父出征;再把自己交给国家、保家卫国;她更把自己交给命运、交给天意、交给那恒定且莫测的时间……她任风吹雨打、战火纷飞、黄沙荒漠,谁关心甲胄下的她?但此刻,她终于只属于自己了,终于有时间有余裕妆点自己并为自己而活了。

想来,木兰一定是个古典女子,颜容秀丽精致,肤色白皙娇艳,并不是冰肌雪肤的冷艳,而是隐约带着青春的血色;也不是若凝脂的白皙,而是水晕的轻轻荡漾,错眼看去、如新研的玉。

她会用什么色系的彩妆呢?想来要偷红绢的艳与白绫的素,再用细细的羊

毫渲染成一朵朵的桃花，温柔、香艳却动荡如水。笔尖略轻，便是轻粉、粉白；浓墨重彩呢，是重粉、红粉，无论是哪一种，都是一样娇滴滴。

而这想让自己更美的心情如果扩而充之，变成"每个女子都应该有一管最心爱的口红"或者"我要给每个女子带来美丽"，便是我们目下常见的雅诗兰黛、兰蔻、香奈儿、资生堂……

很久之前，我看过一部电影，叫《女人之战》，说的是玫琳凯·艾施创办玫琳凯的经历：她没受过很高的教育，二十岁出头便做了对学历、从业经验皆要求不高的直销行业。在二十世纪五六十年代的美国，男女平等还只是句口号，虽然她工作优秀，但始终只能拿到男职员一半的薪水。四十五岁那年，一位一直在她手下、工作能力完全不如她的男职员被提升，而她——玫琳凯女士，作为女性，您的职位已经够高了——她愤而辞职。

那之后，她开始考虑一件事，既能给万千女性带来美也能给她们带来收入的事，就这样，她创办了后来的玫琳凯公司。

在电影中，我看到肥胖、蠢钝甚至口吃的中年妇女去应征美容顾问的职位，紧张得肩膀始终缩着，像条等待挨打的狗。玫琳凯对她们说："亲爱的，你一定能行的。"——这句话，是她一生的信条。妇女们怯怯地开始试用化妆品，也许是从一盒粉底、一次跳脱的眼影开始，她们看到镜中判若两人的自己，激动得不能自已：原来，重新开始这么简单，只要开始上一点妆；原来，我也可以这么美。

是的，你可以。

而也许，化妆带来的奇迹不在于它本身，而在于它能令女子们意外地发现：原来，只要我愿意，我可以有全新的生活。

难怪兰蔻的创始人阿曼达·珀蒂让说："没有丑女人，只有懒女人。"这话真狠，但也是实情。你胖，因为你管不住嘴、迈不开腿；你一脸痘痘，因为你没有好好护肤；你满脸戾气，多半是你好吃懒做还老觉得世道不公；你丑，你可以赚钱去整容，也可以化妆。总之，上帝给你一张脸，你有义务为自己重塑一张。

美妆背后有多少难言的心情，有多少让人哭又让人笑的故事。一位在太空总署任职的物理学家，在一次火箭燃料爆炸的事故中，不幸被化学药品烧伤面部。在皮肤科医生的精心护理下，仍无法令他的脸重回旧往——要不然就这样吧？永远以钟楼怪人的形象示人。但他说："不。"这位物理学家从此投入护肤品的研发，十二年经过六千次的试验，他制造出了自己梦寐以求的产品——海蓝之谜。

不管这是不是品牌为了自我宣传而打造的噱头故事，总之，我想起居里夫人在实验室摇了十五年的试管。而他们所为的，都是人类的福祉，为了让人有更美好的生活。

但人，是不是有了美貌就有了一切？好久没看《胭脂扣》了，还记得有一年我失恋，伴随我的就是它的主题曲："誓言幻作烟云字……"烟云写出来的字，就一定不能恒久留存吗？一定会随时间淡去吗？我不知道，也不甘心。

最近又找出来重看了一遍，里面绝美的两个人，如花苍白薄命，嘴唇却总是凄艳如一滴血，她用的是古老的化妆术，口含一张红纸，借那颜料当口红。她每次嚼住红纸的决绝，都让我的心抖一下，仿佛看到了她最后吞鸦片烟膏的一幕；而十二少，男装时那么清秀洒脱，女装时那么明艳，戏装时又像进入另一个空间。他与她，不像金童玉女，就像乱世的两个畸零人，张皇地、凄凉地相爱，当然不能被世俗所容，如花毅然去死，而十二少，连死的勇气都没有……

这是戏里。戏外绝美的两个人，张国荣与梅艳芳，均已不在。而且与电影截然不同的是，前者是决意赴死，后者是苦苦求生终不得……果然是，如梦如幻，若即若离。

某一个晚上我做了个小活动回家，家人均已睡去，我在卫生间不太够的灯光下面卸妆，化妆棉重手地擦过，都是橙红青黛粉碧……似这般姹紫嫣红，都付诸逝水流年。

信物的要义就是信

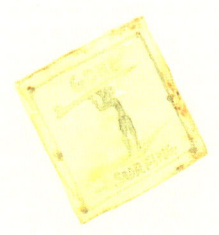

"我当然收到过礼物。但信物,信物是什么?"

从前,有一个男人与一个女人,相爱了。——每个故事的开头,都像初春的第一枚柳叶。

杨玉环与唐明皇的"定情之夕,授金钗钿盒以固之"。话语在出口的刹那便消逝,白纸黑字终究在时间里朽坏,彩云易散琉璃脆,珍珠会泛黄正如人会老。而金子,它永不破裂永不生锈,以它的坚固柔韧,它的珍贵,会被每个人捧在心口上,成为最好的爱情见证。一本《长生殿》,便是"钗盒情缘"。

但最终,见证了什么?

战乱惊破一切。他们仓皇逃难,如任何一对布衣夫妇。人民群众不依了,总得有人为这败象负责,于是"六军不发无奈何"。爱情总无辜,却是最好的罪魁祸首。把一切原罪推到女人身上,再简单容易不过。

这一刻，他不再是皇帝，只是个猥琐的男子，为了自己的生命，决意放弃她："不忍见其死，反袂掩面。"蒙上双眼，是否就可以假装杀戮不存在？没有尸体就没有谋杀案，不曾目睹死亡，就仿佛她还活着。凶手泪落如雨，便能冲淡受害人血的颜色吗？关于人杀动物，有"三净肉"的说法：不亲手杀；不见不闻其死；不是为自己而死。这种自我安慰在人杀人的状态下，也一样有效。

到底那一刻杨玉环在想什么？唉，这甚至不值得问。但诗人们，已经迫不及待代她发声，替她原谅了离弃她的男人："忽闻海上有仙山……中有一人名太真。"她不恨他，她不怨他，她还拿出当年的钗盒给使者作凭信："惟将旧物表深情，钿合金钗寄将去。钗留一股盒一扇，钗擘黄金合分钿。但教心似金钿坚，天上人间会相见。"

年轻时让我感动的诗句，此刻只换得一句冷笑：心似金钿坚吗？那他此刻就应该在你身边。你在天上，他在；你不在人间，他便不在。

因为相爱，所以相赠，是多么自然的一件事。魏晋人繁钦有一首《定情诗》："……何以致拳拳？绾臂双金环。何以致殷勤？约指一双银。何以致区区？耳中双明珠。何以致叩叩？香囊系肘后。……"既见君子，云胡不喜，风流吟罢，约三生誓愿。没有事先制备什么，也用不着。信手摘下贴身物，是一种"我把我的爱，全都交给你，希望你不要嫌它小"的出乎一心。不惜割爱，因最终人和物还是会团圆。

只是，有一次，这随手给出的贴身器物，是一双鸳鸯剑。

尤三姐连个大名都没有，也就侧面说明了她的出身、她的家世。跟着改嫁的母亲，二姐三姐与荣宁两府结了亲。这亲戚来得不尴不尬，正头太太小姐懒息与她们来往；愿意与她们打交道的，不是黄鼠狼给鸡拜年，就是灰太狼忽然要与喜羊羊结成友好对子。知足吧，否则，平民小户的女孩儿，在这纷杂世界，以何为生？在小范围内赔笑迎人、以色事人，总比沦落风尘来得强。弱者的自我安慰，是层出不穷的。

不比二姐的昏蒙糊涂，三姐是有心劲有想法的。她没想高攀，"贾琏笑道：'别人她如何进得去，一定是宝玉。'二姐与尤姥听了，亦以为然。尤三姐便啐了一口，道：'我们有姊妹十个，也嫁你弟兄十个不成。难道除了你家，天下就没了好男子了不成！'"也并不愿意像姐姐一样，在正室鞭长莫及的范围内偷安——这一代的悲剧可能还没起头，上一代的金钗们只怕都薄命过了。"而且他（贾琏）家有一个极利害的女人（指凤姐），如今瞒着她不知，咱们方安。倘或一日她知道了，岂有干休之理，势必有一场大闹，不知谁生谁死"。她看到了柳湘莲：高、帅、不富——没钱的男人，恐怕能更专一一点吧？千百年来，这是女人的痴妄。不是没人提醒她："那样一个标致人，最是冷面冷心的，差不多的人，都无情无义。"她有她的坚持："若有了姓柳的来，我便嫁他。若一百年不来，我自己修行去了。"

某一个刹那，仿佛命运对她眯眼一笑：这么机缘巧合，贾琏遇见了柳湘莲，一提婚事，对方慨然答应。贾琏笑道："你我一言为定，只是我信不过柳兄。你乃是萍踪浪迹，倘然淹滞不归，岂不误了人家。须得留一定礼。"湘莲道："囊中尚有一把鸳鸯剑，乃吾家传代之宝……贾兄请拿去为定。"说毕，解囊出剑，捧与贾琏。

那一刻，一定是幸福在敲门。原来它不仅会敲大宅门，也会"小扣柴扉"。"尤三姐看那剑，上面龙吞夔护，珠宝晶莹，将靶一掣，里面却是两把合体的一把上面錾着一'鸳'字，一把上面錾着一'鸯'字，冷飕飕，明亮亮，如两痕秋水一般"。

剑为利器，生来不祥，原本就是用来斩情丝、断月老红绳的。会在一部小说里成为信物，是作者早早告诉我们悲剧的不可避免，宿命早有安排。

果然，宝哥哥一时失言，说道"我在那里和她们混过一个月"，柳二郎翻脸了："你们东府里除了那两个石头狮子干净，只怕连猫儿狗儿都不干净。"

真是刚烈的两个人。他第一次去尤家，就是为了退亲。他们第一次见面，她只来得及说五个字："还你的定礼。""左手将剑并鞘送与柳湘莲，右手回肘，只往项上一横，可怜揉碎桃花红满地，玉山倾倒再难扶！"而柳湘莲，悔不自胜，出家去了。也好，算对得起三姐这一腔子血。

他们都不算读书人，不懂玩文字游戏。她没有掉几滴泪，叹一声"妾命薄"；他也不曾"醉里挑灯看剑"，抱怨一句"东风恶"。然后，再双双开枝散叶。他们以自己的方式，完成了承诺。

而人的一念之诚，连山川岁月都能打动。你信不信？我信。

南朝皇帝陈叔宝的妹妹乐昌公主，深得兄长宠爱，让她自择夫婿。她选了太子舍人徐德言，婚后伉俪情深。只是灾难已经等在门外。隋文帝杨坚随时准备一统天下，终于南下伐陈。而陈叔宝这边呢，还是"小怜玉体横陈夜"。

乱世之人，都像小老鼠嗅嗅一样，知道"随时会有人动我的奶酪"。徐德言对乐昌公主说："倘情缘未断，犹冀相见，宜有以信之。"一面铜镜，一碎为二，两人各执半面。徐德言说："他日必以正月望日（正月十五）卖于都市，可以相访。"

果然，不数年，陈亡。那年代任你什么出身，女人就是女人，是会像牛马一样被出售、转赠、抛弃的。乐昌还算命好，被赐给隋朝权臣杨素为姬。两人竟都不负前诺，她在正月十五，派老奴举镜叫卖。而他，沿街寻找。

我不知道长安的集市是什么样子，网络时代浸淫久了，难免眼前浮现出一家家的网店形象。浩浩荡荡、熙熙攘攘。所有买家都知道搜索的困难：关键字太多，可能一片空白；关键字太少，则出现几百页。无数卖家抱怨过上货的艰难：半夜打包，一件件检验。而在非网络时代的她与他，以何样的坚信在履约？

像电影《时间旅行者的妻子》，他离开，她"信"他会回来，不知在何时在何地，但一定会出现。或者如《漫长的婚约》里，人人都说这是一个动荡的时代，他一定是死了，有人见过他的坟茔，有人传说着他的死讯。不，她"信"他还活着。像子民信上帝，像数学家信欧氏几何的五大公设。不够爱的人，找到的借口都大同小异；而真爱的人、他们的所作所为，都是一样。

这样的买与卖、延续了多少年？无人得知。传说要么把时间放大为史诗，要么就为了满足急性子的读者，转眼就"无巧不成书"。总之，某一个正月十五，买家与卖家终于相见，残破的镜子合好如初，如果有蜿蜒的裂口，那只说明命运的残酷。只是，他还是当年的他吗？她，真的不再是当年的她。

当时的忠贞观与后世不同，并不要求前朝官员为国而死。徐德言在新朝廷重新当上公务员，已经新天新地，何不换个新老婆？曾经被她爱悦过的才华智慧，一定会有其他女子欣赏。反正、性、饭食、每夜暖被的人，总是很容易有的。却为什么，他为碎了的铜镜哽咽写诗。

而她呢？杨素"研精不倦，多所通涉。善属文，工草隶，颇留意于风角。美须髯，有英杰之表"。仪表堂堂而文采风流，到斯时斯世，这也是再婚女子

173

最好的结局之一。"跟谁过不是过呀",我们这些庸俗至极的人会这样说。却为什么,她在静夜里,抱着铜镜饮泣。

两人同心,其利断金。我相信杨素是被这情爱感动:"何苦,不爱我的女人要多少有多少,留一个在身边有什么意义。"甚至,也许他有着小小的妒意,"如果失志流散的是我,谁会为我如此等待?"总之,他慨然让他们"破镜重圆"。

陈亡之后,隋又亡,最后,乐昌公主与徐德言在唐贞观十年(636年),以七十七岁高龄仙逝。果然是生愿同裘,死愿同衾了。

这故事最撼动我的,其实是,这双向的忠贞,双向的坚信。我们从来不缺痴情女子负心汉的故事。曾经的信物,难免成为啼笑皆非的见证。好像所有人都忘了,信物,便是物质化的誓言,是托那不灭的物质代为记录我们的心声。所谓信物,取一"信"字即可。

"很惭愧,我收到过的礼物足以在淘宝开一间杂货店。而我真正想要的'信物',也许,会是你,给我。"

穿白色丝质衬衫的女子

无意中看到旧美剧《朱门恩怨》简介，称其以穿丝质衬衫女性为主角。有注解：所谓丝质衬衫女性（silk blouse women），意指强势独立的女子。

——啊，原来是这个意思。一句话，自动跳到脑海里："唐晶是永远白色丝衬衫不穿胸罩那种女人。"出自亦舒小说《我的前半生》——是小说，看真些，不是电视剧。

去年我清理书架，送出去一千多本书，其中包括了二百多本亦舒的小说。大部分只看过一两遍，但少年时初遇亦舒，如遭雷劈的感觉我忘不掉。有几本千辛万苦觅来的，《玫瑰的故事》《曾经深爱过》《喜宝》《圆舞》……当真是看得烂熟。

《我的前半生》读的是国内盗版，不伦不类给起了个《香港女人》的名字。所以当时不知道它袭用了末代皇帝溥仪的自传名字，那种再世为人的口气。但子君、涓生两个名字是认得的，知道来自《伤逝》。旧时代，懦弱无用的史涓生抛弃子君后,她只有死路一条。连死讯都是不相干的人告诉涓生的。"你那,什么呢,你的朋友罢,子君,你可知道,她死了。"怎么死的?说话的人很漠然,"谁知道呢。总之是死了就是了。"

但新时代的子君生在香港,她离婚后没有跳楼,没有哭天抢地,没有撕小三,而是坚强地活了下来,先做职场白领,再成为艺术家,出入文化圈,还在女儿的介绍下,开始了第二春。

我那时年纪还小,对一结婚就当金丝雀的子君嗤之以鼻,心仪的是与子君成为对比的唐晶,她一出场就在开会,"扯紧着笑容聚精会神,笔直地坐一个上午"。她是收入丰厚的职场女强人,用的皮包是"喧默斯(爱马仕)的,时值一万八千元"。她在寂寞时读的是《红楼梦》,"两本深蓝色的线装破烂的书本"。她对朋友赤胆忠心,替必须找工作的子君伪造履历表。然而她仍然是个嗲嗲的小女子,打电话求男人替她办事,声音像蜜糖一样。——那男人立刻什么都答应了。

我是几时,慢慢意识到我不可能成为唐晶?

我一直没学会向男人撒娇。最根本的原因是,撒娇必须建立在颜值与身材的基础上。娇滴滴的小女子,身体扭成S形,说什么男人都会听。我这种硬邦邦、坐位体前屈从来没及格过的,身体至极限扭成个Z形,实在只能走端庄大方路线。

我也不是女强人。我当然要工作赚钱,所得不多我也知足。但女强人——我一个身为高管的朋友每天早上五点起床洗澡、做瑜伽、贴面膜,不管昨天她是几点回家,是否有应酬而吐得一塌糊涂。她偶尔翻看朋友圈,电视剧和小说真的没时间看。呼,我做不来,不是这块料。

但我曾经努力过,试图向唐晶无限靠拢。

我胖了好多年，一直不能穿正面开扣的衣服，瘦下来第一件事——就是去买丝衬衫和白衬衫。为什么不直接买"白色丝衬衫"？张爱玲的《谈看书》里面有段公案：《叛舰喋血记》里官逼民反的船长邦梯·布莱晚年在澳洲当州长，带女儿一道上任。女儿是时装领袖，"每次有船到，她母亲从伦敦寄衣服给她。一次寄来巴黎流行的透明轻纱长袍，粘在身上。……成为通身玻璃人儿"。布莱小姐星期日穿着去做礼拜，正挽着父亲手臂步入教堂，驻军兵士先是嗤笑，然后笑出声来。她红着脸跑出教堂，差点晕倒。布莱大怒，从此与驻军嫌隙更深，最后更因为小事，酿成当地军队叛乱。可见白色丝衬衫不是易穿的。

白色棉质、麻质衬衫以及彩色、花色真丝衬衫我都买了，基本上都没穿过。我穿了不好看，衬衫不是为矮胖子设计的，我也没有"三个骨"的卡其裤（七分休闲裤）来配。我心里想成为潇洒又干练、优雅又独立的女子，而我知道我不是。

即使在亦舒小说里，她们也不见得存在。

小时候不懂，长大后才知道，涓生是个慷慨的人，给的赡养费够子君生活。子君住的房子是涓生付的——为难过她一段时间，让她挨了一年自己付房贷，但终于把房子的余款给了她。两个孩子都归男方，她一点儿负担也没有。离婚对她来说，只不过意味着从靠男人的家庭主妇变成靠男人的离婚妇人。

唐晶的拔刀相助让她有工作，生活无虞的她去学陶瓷、认识艺术家老张，老张无端端地对她青眼有加、提携她。做过艺术相关行业的人全知道，东西好不好在其次——艺术大部分人分不出好坏——有贵人相助很重要。她生命中至少有两大贵人。

至于最后的翟有道——她对唐晶说的那句话是对的："一般女人觉得我们运气奇佳。"唐晶："我却觉得她们条件奇差。"子君有什么优秀条件呢？大概是长得美。

显然是刻意,亦舒笔下,瞿有道面目模糊,只一个字"淡",淡得像随时可以抹去的铅笔画,淡得像绮想,淡得——像每个女子醒来睡去后的梦中人。

其实,"靠男人"才是亦舒经久不衰的主题——靠女人则是负心汉与痴情女的惨烈故事,好些上社会新闻了。《喜宝》当然是靠男人:"我要很多很多的钱。"——跟谁要?男人。《胭脂》里十七岁未婚生子、独立自强的室内设计师杨之俊,其实也是靠男人,靠她妈的老情人。

许多故事从遗产开始,给钱的人,也许是从未谋面的生父,也许是有一面之缘的女明星,也许是曾经伸手扶过一把的老太太……女主角们都"运气奇佳"。

她书里最悭吝金钱的男人,至多像《独身女人》里的中学老师:"三十六块五毛的账都要女人付。"但我记得该书的男主角出手多么丰厚,分手之后送的是"钻镯"。"一共十一卡拉五十二分,共四十八粒,平均每颗三十一点六分。因为粒粒雪无疵,成色九十六以上,所以连镶工在内,也不便宜"。我连他的名字都不记得了,钻石的多少及大小,却还记得一清二楚。其他书里的负心人遣走不爱的前女友时,往往是给付第一年的留学费用。这么有情有义的前男友,哪儿找去。

大部分困局最后的解决之道往往是,找了好男人。无论是家产万贯,抑或只是"能让她笑",也许身量不高但是个贵家子,或者她后期爱写的水管工人。反正,好男人几乎是不二的救赎之道。

只是,活在真实世界上,你一定会知道:人必须独立,因为父母、男人、儿女,乃至养老保险,都是靠不住的,一技傍身、健康的身体、一些动产与不动产,是每个人的保障——不限男女。大笔遗赠和大笔馈赠,全是传说,钱得自己赚。鲁迅先生早在近百年前就说过："直白地说，就是要有钱。梦是好的；否则，钱是要紧的。"花钱有吃相好看与吃相难看之分，但赚钱向来辛苦，体力劳动得龇牙咧嘴，脑力劳动绞尽脑汁的后果是发际线后退。干一天活，丝质衬衫仍未揉作一团，不太可能。

我没有任何诋毁亦舒的意思。天地良心，她滋养过我的少女时光，她启发过我的写作。只是最近看了很多"反鸡汤"的言论，未免让我想到，早年前，我们是如何看不起琼瑶而捧亦舒的，整个姿态是亦舒自己说的那句话："那个琼瑶，提了都多余。"

而现在，我老是觉得：她们的区别在于文笔，不在故事，也不在三观。琼瑶写了好多婚外情故事，并且写了大妇小妾和平相处，亦舒的《没有月亮的晚上》里面的海湄，又算啥？琼瑶笔下的女人都不独立？有的是。《菟丝花》里女主角的妈，闻君有他意，带着女儿拔腿就走，独自把她带大成人。琼瑶粉饰现实？《失火的天堂》何其之惨，相比而言，亦舒笔下被卖与自卖自身的都有，难得的是买家都是恩主兼恩客。不幸下海遇到变态客人？客人全家都是有情有义的大好人，从老祖母开始连番赔不是，最大数目的支票开出来。能对个风尘女信个十足十，甚至超过宝贝孙子？我只能说：想得美。

也许，就像《穿紫衣的女人》营造出来的气氛是神秘佳弱，而"白丝质衬衫"象征独立、强势一样，都是文字的魅影。

时下天天反鸡汤，反对矫情、人为的柔软温暖、励志的正能量——我也没觉得时下流行的犀利风小故事，背离了这些呀。就是文字上有点儿不一样，只是文字上略有改换：说理换成麻辣排比，女孩改称女子，温柔用骂骂咧咧方式实现。

究竟该如何生活、如何实现梦想，如何赢得爱情与幸福，可能不仅仅是阅读能够给予和实现的。

哪吒有他的风火轮

夏季是挥霍的季节。梧桐深绿,凤凰花燃烧,阳光奔腾里洒落金色透明的雨点,而这一季每一款的女鞋,都要配合女子纤细的裸足,脚趾一只只地露出来,或红或绿的鲜艳指甲油,像一串流丽晶莹的红绿宝石。

单位里第一个穿最时兴的碗糕鞋的,是我们的行政处长。她有中年沉寂的面容,久经岁月的皮肤像沉黄沙漠里扑面的风,日常喜欢穿安分守己的灰色职业套装。可是那双碗糕鞋,有那样夸张的高跟,式样粗犷嚣张,辣得仿佛劈面一掌的孔雀蓝,分明是少女的娇纵轻狂。

毕竟有年纪了,小腿不穿丝袜不好看了,而当她年少,有着会让云端仙子堕落红尘的纤丽双足,却遇上整个时代的拘谨和封闭,必得规规矩矩地藏在一双平庸粗糙的鞋里,像掩没在重重黑纱后的美丽脸孔。

此刻的放纵,是她对命运最后的一次盛开吧。最狂野的梦想,因为不合时,不宜地,不配身份,仿佛白露后才冉冉开放的睡莲,在薄薄如冰晶的空气里轻轻战栗，令人心中不禁酸楚。

另一位同事，却是在汉正街，用200元钱，一口气购置了15双各式各样的凉鞋，日日换着穿。有一双是深黑缎面上影影绰绰地飞着银蝴蝶；另一双则是碧莹圆带绾结，中心似盛开一朵金灿的黄菊；有拖鞋一样的简单式样；也有浮满碎花仿佛印花布的乡土气息……整整15个春天，带着薄荷的清甜气息，同时环舞而来。

女孩算不得美女，可是肌肤净柔如玉，汗意一挥而去，在疲倦的夏日风里大声笑、大声说话。我知道，青春便是这般简单的快乐，是在大街上跳舞，是在烧烤店以啤酒尽情地醉，是骑了自行车午后经过沉睡的湖，是那15双无比美丽而又廉价的鞋。

单位也好、街头也好，女人都有匆忙的身影与疲倦的脸容，她们的鞋却像是另一些身世与梦想，曲折的美丽和动容，然而每一步都是踩在灰蒙蒙的街道上的。

犹记得一次在街上遇见一个着红鞋的女子。远远看去，我便心生欢喜，以为是双冰糖般可爱透明的小红鞋，待她走近才看清，那红鞋早沾满洗不掉的污垢，乌旧旧的，鞋面上全是折痕和裂口，一只鞋上有一朵花，另一只应该有花的地方，只剩了一枚扣子。而那女子疲怠地拎着大包小包的蔬菜，每一步都是拖沓着走，头发里全是汗气。

我又惊又笑，怎么会把一双红鞋糟蹋成这个样子。忽然心中一凛，那会不会是她的嫁时鞋？

她曾穿着它，踏上婚姻的红地毯，而所有少女时代关于婚姻的梦想，都像这双被百般踩躏过的鞋，迅速地破旧、灰败。没人能从她此刻枯黄的脸容里认出当初那个羞怯明艳的新娘,唯有她自己,还怀着同样的心情,心中的自己,仍有一般美丽的颜容。

而我最不忍看的,是那些三块五块的塑料鞋。女人趿着它,穿旧了,几乎辨不出颜色的一片灰旧,松松垮垮,后鞋帮有时就踩在脚底下,像趿着一双拖鞋,噼里啪啦,菜场、街市、家里,哪里都可以去,什么都不在乎,敢情知道没有人会看她,留意她的任何行为与形象。

看着这样的鞋,仿佛看到了她的一生。女性的爱娇与柔美,都在生活的煎熬里荡然无存,这是真正的,被命运折磨过,因而全盘放弃的女人。

她是输了,可是命运呢,命运又赢了吗?

哪吒有他的风火轮,辛德瑞拉有她的水晶鞋,丝路的仙女有她的云霓,而我是平凡的女子,我只要,有一双美丽的鞋。

皮包是女人的另一颗心

常常觉得,女人的一袭贴身皮包,其实,也就等同于千百年来,她们掌中的纨扇吧?

昔日的深闺女儿,自春深似水时起,纤纤素手里便多了一圆心爱的纨扇、扇面上,花的红、雀的鸣、一阕自帘外的繁华世间曲曲折折传来的小令,团团如心。炎炎正午轻挥扇、清白月色下宛转扑萤,闲谈间遥遥指向天际的银河,偶遇陌生男子、娇怯地、含羞地用纨扇挡住绯红脸颊和怦怦剧跳的心,悄悄自扇上看出去、眼光流转间便已注定了半生的心事。

现在的都市丽人,又何尝不是如此。一年四季、肩上腹下掌间,时时刻刻不舍得搁下小小的皮包,皮质或柔软如棉或坚挺如箱、形式或精致秀巧或大方沉着、颜色或是沉静高贵的暗黑、或是艳如一抹晨妆的亮丽,都说着千般心事、万种风情。上下班路上随身携带、社交场合优雅地轻持,与男子并肩同行时,皮包若有若无地横亘在两人之间、无意地轻撞着双方的身体、是她砌的墙,还是她铺的路？

皮包与纨扇，都是女人最好的装饰，也是她们的护持与依靠，给她们安全感。然而纨扇的故事仿佛就是旧时女人的一生，红也罢，绿也罢，眉山眼水也罢，总是纸上的风景，不过玩物，只是一阵秋风起，便弃置成一抹尘烟往事，单薄而空洞。却没有一个皮包会是空的：钞票、钥匙、上班族的文件钢笔、红颜女子的细巧妆盒，还有女孩子爱吃的小零食。无论大的、小的、花彩的、朴素的，它总是有着内容，有所装载，是女人不可或缺的伙伴。

而皮包的由来，该是女人走出家门之后的事吧？家是女人的港湾，港湾中的船以为世界不过是一个小小的港湾，因而心满意足；然而一旦进入那浩瀚的大海，陡然天开云淡，才知道，原来一枚小小的家门钥匙，有时可以承载一切。生命中忽然多了许多人、许多事、许多的责任，这才蓦然惊觉，赤手空拳的自己如何赢得这场战争？而皮包，是女人的军火库，里面林林总总，都是女人向世界进击的武器。

女人有了皮包，才有了身份与尊严。

我喜欢在各种场合留意女伴的皮包，仿佛是在偷窥天机，每一件都有自己的包中风月、历历人生，而有多少女人，就有多少种皮包吧。

有大大的方包，棱角分明，庄重而威严，打开来，里面却仿佛原始森林，千林万木，无路可觅，要找到任何一件东西，都得把它倒个底朝天，在一桌散物里翻翻拣拣，主人该是个兼收并蓄、马虎随和又快乐的女子吧。

也见过手掌般大小的玲珑小包，简直像装不了什么，然而打开后，出乎意料地，主人拿出一个更小的透明软包，里面是卫生用品，再打开，取出一个小小首饰盒，这才开始细细补妆。我叹服。小小的皮包仿佛是童话里的魔术宝箱，有着无穷无尽的变化,要怎样一颗晶莹剔透的女儿心,有怎样细致的心事,才会有这样的妙想?

惊艳的记忆,是在一个晚宴上,蓦然与一个金色的皮包劈头相遇,幽暗的灯火下,它熠熠生辉,那光影流动成一片幻觉,仿佛整个是用黄金打造的。我受惊过度,竟不敢抬头,渴望看到一个含蓄典雅的女子,肌肤如雪后初晴,颜容却明艳如雪野里的一枝新梅;又怕是一个穿颤巍巍红裙的半老徐娘,妆容浓艳到无法想象她的真面目,笑起来作花枝乱颤状——只有肥肉在颤。因而只是惊鸿一瞥,心版上却永远留下飞鸿的痕迹。

然而最快乐的,还是在街上,看见年轻的情侣,女孩子手里捧着零食一路吃个不停,语笑声声,脚步却轻盈得像一只林间的松鼠。而她小小的皮包,一直拎在那个微笑着的男孩手里,衬了他高大的身形,小巧得像个玩具。终于禁不住,我频频回首。

常常看到一对爱恋中的男女,女人有事走开,留下男人替她拿着那个包,傻呆呆的男人哪里知道哟——皮包里有女人最贴心的秘密,是女人的另一颗心,而她肯把皮包交由一个男人,就是把自己的心交给了他。

知·植·物

莴苣这件物事，俗人爱其不雅，雅人爱其不俗，像我这样的家庭小主妇，只爱它的宜室宜家。大概，它就像那些传说里，上得厅堂下得厨房的好女子吧。

皮不厚无以长大

四五月份,西瓜刚刚上市的时候,我的最爱是早春红玉,一个个橄榄球大小,切开来,殷红如翡,瓜皮则是薄薄翠玉,托着它,如羽衣裹着个小婴儿。它正好是二人食的分量,抱着半个用勺子挖,一不小心就戳破了瓜皮,蜜一样的西瓜汁滴下来。

天气渐渐大热,小小的它就显得不够吃。多买几个吧,它又爱坏,稍放几天,就能看到它与地板接触的地方,出现一圈黄斑,是压坏了。

改而去买石头瓜。瓜如其名,每个都十几二十斤,死沉死沉的,真像块大石头。切的时候很费劲,以我的臂力连一刀两断都做不到,好容易切开了,瓜皮得有半寸厚。

每次风卷残云干掉半个石头瓜,瓜皮便积了一盆子,仿佛吃下去的还没有留下来的多。

我抱怨:"大瓜的皮怎这么厚,好浪费。皮薄的瓜又太小了。"

我妈听了微微笑："皮厚才能长大呀。"

可不是，西瓜是在地里，一点点长起来的，瓤的柔软脆弱全靠皮的护卫，才能抗过风挡过雨；它诱人的甜香又必须藏起来，才能躲过蝇躲过蚊躲过一切觊觎者。薄皮瓜像不设防的城堡，洪水来了，它涝了；大旱天时，它的水分又全蒸发了。只有厚皮瓜，像仙人掌一样，坚不可摧，毒日头只让它的甜更浓，贪嘴的小山羊拿它下不了嘴，它才有机会，不声不响地长大。

我不能免俗地想到人生。我们生来都有一颗赤子之心，红通通、活跳跳，忍不住时时处处会流露，从小写作文"我的理想"，长大之后见到牛人，脱口而出"我要打败你"。梦想像瓜秧子一样奋力向上，走上社会，结出了小小的果实。心大却皮薄，被闲杂人等批评两句，恨不能与对方一决生死；一次兴冲冲的提案被证明失败，羞愤难当，马上就想辞职，没有勇气面对明天的老板与同事。明知道这世界有黑暗面，真遇到了，本能想逃避，这是懦弱，也是一种少年人的清洁，怕弄脏了那脆弱的初心。这种脆弱极其甜美，也极其珍贵，更需要好好保护。有时候就得混不吝一点，若无其事一点，坚韧一点，心若是火，脸皮就不能是纸，得是玻璃甚至钢铁。

脸皮最薄的人叫"草莓族"，但各行各业能做点儿事的人，我想，都是"石头瓜族"吧。

皮不厚，无以长大呀。

翻了翻资料，石头瓜又被称为"戈壁西瓜""石头缝里长出的西瓜"，是在干旱核心区强劲生存下来的物种。剖开它，其甜如蜜。

六月新荷待我吃

开始我以为老舍先生是开玩笑的。

他写过一篇《吃莲花的》,说在三面荷花一面柳的济南,初夏天时,天天门口卖菜的带着几把儿白莲。他若有所悟:济南名士多,不能自己"种"莲,还不"买"些用古瓶清水养起来,放在书斋?是的,一定是这样。

一天,友人约他同游大明湖,"去买点莲花来!""何必去买。"正巧那一年,他也种了两盆白莲,放了七八朵花,"我的两盆还不可观!"

友人点头,他一心以为是喝着莲花白,吃着毛豆角和核桃,起个诗社咏咏荷花,急奔书房拿了诗稿过来,却发现荷花已经全在友人手里了。老舍"像忽然中了暑,天旋地转说不出话来"。朋友叫厨子:"把这用好香油炸炸。外边的老瓣不要,炸里边那嫩的。……吃,美极了!没看见菜挑子上一把一把儿的卖吗?"

哈,难为老舍先生的"盆是由北平搜寻来的,里外包着绿苔,至少有五六十岁。泥是由黄河拉来的。水用趵突泉的。只是藕差点事,吃剩下来的菜藕"。还为这两盆荷花写了无数的诗,"亭亭玉立"这四个字就用了七十五次。

我是吃货,专注点全在莲花真的可吃吗?湖北是鱼米之乡,一年四季,脆藕、粉藕、莲子米、藕带,全是佳肴,荷叶粉蒸肉是家常小菜,哪家街坊馆子若用荷叶给沔阳三蒸打底,四邻八舍都闻得到那清香。却真没听说过炸荷花。那么一泡水的东西,怎么炸呀?

想来老舍先生就是逗个闷子吧,嘲笑文人墨客的故作风雅。你们带一琴一鹤度平生,我偏要焚琴煮鹤,让肉香诱惑你们下凡尘。

不料前几天读到琦君的《想念荷花》,却意外读到类似段落。

那一年,琦君的父亲宦途失意,退居"很少看到荷花的故乡,浙江永嘉瞿溪镇"。他的生日是农历六月初六,正是荷花含苞待放的时候。母亲托城里的杨伯伯,千方百计地采购来一束满是花蕾的荷花,插在瓶中供佛。"花瓣谢落之后,母亲就拿来和了薄薄的面粉与鸡蛋,在油里稍稍一炸,便是一道别致的甜点。父亲说吃荷花的是俗客。我却说,吃了荷花,便成雅士了"。

制法写得一清二楚,可见这一道炸荷花,是真实存在的。

略微一查,两位大师诚不我欺,酥炸荷花是"老济南历下风味菜",只是不取落花,和老舍笔下一样,取花瓣"里边那嫩的",洗净沥干水分后,去梗切成两片,放豆沙馅,顺长交叠。香油或猪油烧至五成热时,蘸蛋清面粉糊下锅,浮起后捞出,撒上糖桂花上桌。——听起来,像荷花春卷。王朔老师说过,裹面油炸连土坷垃都好吃。估计成品也就是普通炸物,只是借一点荷花清气。

怎不早查?我家对面就是大片荷塘,夏季每天散步都会经过。趁月黑风高，偷摘几朵回来，只要不失足掉到湖里，就有自制甜品可吃了。

只是……摘花本来就有罪恶感。我更是从小就知道：不能摘荷花，摘了之后，湖水会倒灌进花茎，最后一塘的藕荷都会烂掉。怎能为了自己的口腹之欲，这么暴殄天物？

为什么武汉没有卖荷花的？

答案自然而然浮现：一，这道菜只能用白莲花，而武汉可能只产粉莲花；二，武汉纵产白莲花，不可吃不适口。有些事，强求不得。

明知道它在，俯拾即是，又吃不到……不要紧。也许某一年，六月新荷季节，我会一时起意，去一趟济南吧。

反正，地球上有些地方，就为了吃，也是值得去一趟、再去一趟的。

家家有玉兰

我在北京,终于挨过第一个凄寒的冬。杨柳梢头绿了,这忽然的春意,像诺亚方舟般是救命的。下午经过三里屯,惯常东张西望,远远地,蓝天上仿佛栖了一树鸽子,定睛一看,啊,是玉兰花开了,雪白、大朵、饱满盛放。这是我记忆里的花,记忆中的春天,我一时神魂跌宕:入春才七日,离家已半年。但这是使馆区,不便停车借问,刷一下就过去了。

我武汉家中,大院里杂树多,玉兰也是褐色树干绿叶子,冬天又掉得光秃秃,是沉默的大多数,绝不打眼。往往是一夜之间,爆满一树素白花苞,我才知道,这是玉兰。才三五天,开得一树喧哗。世上白花如栀子如百合,都是白绫白缎白丝线,精致得不得了;玉兰却花瓣厚实,是本白斜纹卡其布,花朵碗口大,肉嘟嘟的丰乳肥臀,很贪欢。又不香,粗手粗脚的没有那些随风暗送的低回心事。

原来有朋友顶不喜欢玉兰,说它开得蠢,嫌它的直抒胸臆。张爱玲大约也是，她笔下的玉兰，高大，开着极大的花，像污秽的白手帕，又像废纸，抛在那里，被遗忘了，大白花一年开到头。从来没有那样邋遢丧气的花。——怎么会一年开到头呢？我倒觉得玉兰花期短，十几天就轰轰烈烈谢了一地，长圆花瓣，黄萎微卷，有三分像汤匙，坠地时，想必会清脆地"砰"一声。然后没几天，茂密的叶子就生出来，覆满全树。

或者上海的玉兰品种有异？我在广州也见过玉兰树。是清晨，孙中山纪念堂的草地微湿，园内有参天大树，我与同伴仰慕地说，一定是千年古树，真好真好。走近了见树上钉着铭牌：广玉兰，1956年植。这笑话闹的。时正六月，炎热的南方以南，我极力仰头，玉兰最高处，绿叶肥阔，是暗绿璞玉，简直有点油汪汪的。绿荫间，露出一缝一缝的天蓝。

广东言语呕哑啁哳，女子深眼厚唇艳美如黑珍珠，热或者烈日，都令人心浮气躁。但我看到玉兰树，它只一味往天上长，春天会开一树一树的大白花，心渐渐静下来。

我没想到在北京会再遇到玉兰花。它不是我最心爱的花，可是到底是熟悉的，如同从小看到大的远房亲戚。那晚经过同一条路，有心想再看一眼玉兰花，却在马路的另一边，隔着车水马龙，格外觉得庭院深深，什么也看不到。下次再路过，花事们，会全谢了吧。

跟朋友聊起来，他们说大觉寺的玉兰有一千多年，又说长安街上玉兰好。第二天是辛辛苦苦的一天，狂风吹得我往一边歪斜，撞了人家停在路边的索纳塔。心绪恶劣透了，索性骑上自行车出去，以我很没有把握的方向感，往南，往西，在红领巾桥上三环，继续往南，国贸桥折而往西——我知道通衢大道笔直向前，就是十里长安街。

红灯、绿灯、穿褐黄制服的交通管理员挥动小旗。高楼、灰瓦黑墙的小院、酒吧、一片拆得七零八落的空地……我彻底不知道自己在哪里,惶惶然地更加不敢停下来,只是一心一意向前,像玉兰树一味往天上长。就算我把方向弄错了,我打的士回家总可以吧?

经过天安门,无数等降旗的人群。远远地,我看到了玉兰花。一带红墙,夕阳西下里,玉兰花仿佛也闪着微光。细看,蒙了尘,变成了暗米白色。香气是花的言语,而玉兰是哑女,它沉默地立在枝头,在渐渐黑下来的天空里,像一支支刚点燃的花蜡,为平安夜而亮。

我像玉兰一样,安静地站了一会儿,看看它们。被春燥扯裂了的唇,和被乡思撕裂了的心,都有一种痛楚的心满意足。

又不是诗人,不见得还现场作首诗,再说红墙上也不容我写。我慢慢往回骑,想起小时候看过的小说《大墙下的红玉兰》,说是有热血青年被错划"右派",关进大狱,后来为了悼念周总理,爬出狱墙外想摘一朵白玉兰,被哨兵开枪击中,血染的红玉兰掉了一地……这是寂寂无闻的平民版《往事并不如烟》。

不管在北京还是在武汉、在乱世还是昌平盛世,玉兰花总是一样开放,像一个结实朴素的好女子,常常陪着我。我于是胡改了一首旧诗:玉兰家家有,黄金何处无;女子将有行,不用本乡居。

不过是莴苣

城市中人感知春天,无非是从菜市场的菜价开始。莴苣从骇人听闻的十块钱一斤降到三块,我便买了一根,绿叶招展,像举了一面小旗,有一种平民的志得意满。不期然想起《格林童话》里莴苣姑娘的故事:

常年无子的夫妇,妻子偶尔见到窗外一片绿油油水灵灵的莴苣,顿时魂牵梦萦。莴苣是长在巫婆园里的,人皆不敢摘。欲望折磨得她憔悴不堪,向丈夫吐露心声:"如果我吃不到那莴苣,我会死的。"丈夫为她去偷莴苣,第二次翻墙而过时,被巫婆抓个现行,巫婆提出的交换条件,是他们即将出生的女儿……

前些年,书上登过所谓的格林童话真相,把不少好故事妖魔化,没提过莴苣姑娘。我却觉得这一篇的性暗示一目了然。不孕显然是性压抑,莴苣则是男根的隐喻,锁在巫婆的高墙里,意味着这是禁制的、婚外的性。欲望近在眼前而不可触及,妻子的痛苦可想而知。妙的是,那位包法利先生,却基于深爱,甘愿代为暗度陈仓。到底发生了什么，受孕是血淋淋的铁证。不伦之恋当然要付出代价，故而私生的女儿被带走。

这是中世纪蛮荒的德国传奇，简直妇孺不宜。而对于中国，莴苣是远客，唐代才从地中海传来。进口蔬菜，价昂自珍，穷文人有缘得见，简直有义务写首诗。像前两年，偶尔吃一次哈根达斯的小资们，必得上博客大书特书一番。所以杜甫有《种莴苣》，写得实打实："破块数席间，荷锄功易止。"未遂，"向二旬矣，而苣不甲坼，独野苋青青。"廉价的苋菜，倒生得满坑满谷，如奸臣，莴苣在这里，又成了忠臣良将。种菜岂是容易事，莎士比亚早就说过，"我们的身体就像园圃，意志是园丁，不论是插荨麻、种莴苣……权力都在我们的意志"。杜老先生显然是种着玩儿，岂会有钢铁般的意志天天"锄禾日当午"？那不必耕耘就有菜吃的人有福了，陆游说得怡然，"黄瓜翠苣最相宜，上市登盘四月时"。春意盎然在他盘子里。

能入诗的植物当然不俗，比如"佳人雪藕丝"或者"夜雨剪春韭"，谁见过咏番薯——也就是我们叫红苕的。虽然《诗经》里频频说苕之华，那可不是一回事。

我也喜欢吃莴苣，却简单得不值一提。放下菜篮，狠狠削莴苣皮，渐渐露出它翠玉般半透明的莴苣心，切丝，盐醋清炒，将起锅时勾一点水淀粉，入口脆如断玉，新蔬的清香爽口之至，配了新米饭，能多扒一碗。这是最平常的厨房味道，偶尔看到网上有人写《莴苣，又见莴苣》，我失笑个半死，这文艺腔还是用在棕榈、玫瑰或者珍珠兰之类，更恰当一点。

莴苣这件物事，俗人爱其不雅，雅人爱其不俗，像我这样的家庭小主妇，只爱它的宜室宜家。大概，它就像那些传说里，上得厅堂下得厨房的好女子吧。

我望槐花几时开

在同事桌上看到一本小说,《五月槐花香》。我随口问:"讲什么的?"——当然是北京,而且是老北京。外国也有槐,像俄罗斯大炮就有被命名为洋槐的,但槐之于北京,的确有老夫老妻的贴切感。

大约因为北京是古都,而槐树也永远让人觉得是古树。中国历史上有几次大的移民,被迫出迁的人群恋恋回头,家河都看不见了,唯有村口一株大槐树,成了永远的记忆。自此各天涯,偶尔停船借问,"问我祖先来何处,山西洪洞大槐树"。也不过如此了。

在农业社会里,年龄就是智慧与权威,老槐因而有神奇的力量。小时候看《天仙配》,七仙女强买强卖,就是串通大槐树与她作弊,才定了姻缘,槐树是慈爱的月老;它也是庇护者,南柯一梦里,它朝南的一枝就可以成为一整个蚁国的疆土;它也是本木的父与母,据说有些地方,婴儿要拜槐树为干亲,起名槐生或者槐代,借一点槐的"灵星之精"。它也可以是人间至尊,周代宫廷里种着三槐九棘，群臣都在九棘之下，唯有三公面槐而坐，从此三槐成为三公的代名词。有人自觉积了不少阴功，儿子必成宰相，就在院里亲手种下三株槐树——果然天从人愿。而最不堪的槐树形象，来自徐志摩，他这样形容新月社所在地："善笑的藤娘，徂酥怀任团团的柿掌绸缪；百尺的槐翁，在微风中俯身将棠姑抱搂……"这路文字，的确少儿不宜，槐树不幸成了老不尊。

"槐"也是怀。梁实秋的《槐园梦忆》里思念妻子，当是怀园——他一年后再婚不在话下，当时总是真心的吧。张恨水也说过，烈日当空，槐荫满地，永巷中卖蒸糕者吆喝而过，正是以前儿子放了学在书案前要零食钱的时候。而后呢？一样的午日、一样的槐荫、一样的书案、一样的叫卖声，其实没有多久，却再不见儿子的声音笑貌了。槐荫转午，这父亲沉重的悲哀有谁知道。

强烈意识到我身边槐树的存在，是周日上午捏着钱包去超市。烈日当头，我挑绿叶成荫的地方走，却处处都有小虫直着身悬在空里，避不胜避。原来沿街都是槐，绿叶里垂下千百茎细丝，吊着俗称"吊死鬼"的槐虫。我拨一下那细丝，它滴溜溜转；我揪一把，它一坠到底，又反弹回来。我只好绕道而行，有一点点烦它。

回家却意外收到朋友的 E-mail，问道："北京的槐花开了吗？"他说去国十年，不曾见过槐树，却在巴黎，误闯一条植满槐树的街。绿叶刷刷扬过，他有儿童相见不相识的惊愕，这是他从小在之下玩耍的槐树吗？

而北京的槐花怎么还不开呢？

小时候看露天电影，早早去占座位，守着天慢慢黑下来，我随手撸一把槐花吃，有清甜。听说槐花可以做饭，没实践过。朋友说很容易：槐花用水泡一会儿，控干水分后混在面粉里，多放槐花少放面粉，只放盐和味精，在锅里蒸半个小时就可以了——一定很有天然香。

　　熟人是山东人，说家乡有槐花饼。他父亲小时候常给他讲故事：山东民间藏龙卧虎，时有高人。有少年万里迢迢来拜师，跪倒尘埃，学了一段日子，高人实在觉得少年不是可造之才，就送他出村。像所有民间故事一样，村口总有棵老槐树，树下一个打槐花烧饼的老人，老师给少年买一个烧饼，说："你还是回去吧。老师也不能耽误你呀。"纵使不成，总还要给他一顿免费的午餐。

　　而中国的厚土情意，全在这老槐树与那一个新出炉的烫槐花烧饼上。

亦舒的栀子花

小时候看亦舒的《胭脂》,里面久惯牢成的花花公子恭维女主角与她的女儿:"你知道你们像什么?两朵花,两朵碧青的栀子花。"女主角的反应是,"我听过不少肉麻的话,但这两句才是巅峰之作,我受不了"。

我也觉得受不了。尤其是,栀子花怎么会是碧青的?它不碧不青,它是雪白的,花开六瓣头,有杯盏大。它又是乡野之花,不像玫瑰老少通吃,小家碧玉比比也就罢了,如果以大家闺秀自拟,对方一听此言,只怕大嘴巴子都扇过来了。

我常疑心这句话,是亦舒看过张爱玲的《琉璃瓦》,"卑卑……人像金瓶里的一朵栀子花。淡白的鹅蛋脸,虽然是单眼皮,而且眼泡微微的有点肿,却是碧清的一双妙目。"记得不大确切,就把形容妙目的一句挪到栀子花身上。

错得这么离谱,我在亦舒散文里找到缘故——她从没有见过栀子花。不知它长相如何。因此在她印象中,"它应该是一种白瓣黄蕊,肥大、非常香的花,衬着墨绿色大块无齿的树叶，长在高大的树上，成团被采下。不知道为什么会有这种种想象。也许因为名字太美"。

没见过，却不妨碍她在小说里时时提到。有格调的男人送花给有格调的女人，必是白色的香花，花束直茎得有一米，亲自挑大朵洁白芬芳动人的栀子花，或者送一盆小小的栀子；新娘手里总握一束小小栀子花——这花何等娇贵，半日就发黄，只得收在冰柜中，等客人到之前才捧出来；心理医生诊所的几上会有一盆栀子花，病人在花香中倾诉心声；当然也有破绽，"雨后，树木绿油油，雪白的栀子花开了一天一地，香气扑鼻。"栀子是灌木，寻常不过到人腰部，如何能开一天一地？可是谁看得出又有谁注意？她不过是顺手拈来，搁在文章里锦上添花，恰似一枚全美方钻戒指戴在一只恰好的手上，谁还去挑剔她这戒指是怎么得来的？

香港是有栀子花的吧？张爱玲的《沉香屑》里，"黄梅雨中，满山醉醺醺的树木，发出一蓬一蓬的青叶子味；芭蕉、栀子花、玉兰花……生长繁殖得太快了，都有点杀气腾腾。"这是一个燃烧欲望的热带之岛，栀子花不过是报花名里随口的一提，戏份不重。而斯年斯月，大概也见不到这荒山野岭般的景象了。

心向往之，又无缘一见。因此亦舒笔下的栀子花，不是种在泥土里的，不染尘；不需要肥料，不带农家肥的气味；可大可小，大起来有如碗口，小起来可编一顶栀子花冠……这样的花，只有传说的空中花园才有，她不是不知道。

想象里的花朵，就像想象中的爱情。远离世俗、功利、人性的贪婪愚蠢……才有机会完美。早期，亦舒小说里有永远的家明、永远的老庄、永远的建筑师，都是女人魂牵梦萦的钻石王老五。而她少小初嫁，后来似乎离婚又再嫁。她所讴歌的爱情，正如栀子花，是她不曾见过的吗？或者，根本没有人见过。

她哥哥倪匡是园艺专家，对栀子花就写得很老实，"此花可爱，但也可恨——不是生病就是惹虫，我在此四年间种了不下十棵，前几天才忍无可忍把最后三棵扔了"。爱情之难，不会比栽种栀子更难。

亦舒年轻时候是瞧不上栀子花的吧。她说，"有一首中国民歌，里面有这样两句：再到明年花开时，专程与你送花来。送的便是栀子花，姑娘一片深情，很乡土的心怀。至于玫瑰，玫瑰是大都会的奇花"。

所以那时候，她写《家明与玫瑰》《玫瑰的故事》，而20年后，她写《明年给你送花来》。

偷不得的春光

朋友由苏州来,说要给我带一小篓枇杷,正应时,一定黄黄的十分柔甜。报纸上却看到骇人听闻的标题:"两民工偷七枇杷,捆绑示众十小时"。图片上,清清楚楚看到民工的赤脚。

我也偷过枇杷。小时候,父母的办公楼前有一排枇杷树,五月枇杷初生,从硬硬青青起,满院的小孩都去偷摘。太酸,其实吃不得,就丢得一地都是。

吵闹声音太大,大人也会阻止,"等熟了再摘"。但我们等不及呀,记忆里就没见过枇杷黄了,你不摘总有人摘,最后只剩一树葱葱绿叶。

枇杷原就生得矮,我比它更矮,实在够不着。偶有一次晚饭时分经过,四周寂寂无人,枇杷累垂,真诱人,我扔了两块砖头,差点砸到自己脚。有一位陌生的叔叔过来,我壮着胆子请他帮忙,叔叔笑了,替我摘了几枚。那笑容我至今还记得。

我也偷过笋。离我家不远有一片竹林,时常阒无人声,我和同学有时在那里背书。春天，竹根旁钻满密簇簇的笋尖。我们一时贪心，挑一根最大的拔，当然是蚍蜉撼树，人家分毫不动。也不是山贼，没有随身带刀斧的习惯，只有一个小指甲刀，一点点割那表皮，刃很快就钝了。

忽有人声，我们如惊弓之鸟，装作没事人一样跳开——居然还有一点点防侦缉的本能，分别往两个方向闪。大人往往是过路的，对我们视若无睹。那竹林有人管没有？应该有的，大概也懒得理我们。上万株笋子呢，偷一两个算什么。

像小老鼠拔萝卜一样，我们很辛苦地把春笋拔了出来，藏在外套里，抱在怀里活像抱了个娃娃。回家妈一边给我煮汤，一边笑我："怎么拔这么大的呀，这都已经变成竹子了。"

偷笋的事好多年没干过了，而那片竹林早就变成新开发的楼盘。

我还偷摘过栀子花、地雷花、水晶花……但我没摘过荷花。我知道这是非常严重的禁忌。

小时候去湖边玩，常常听得一阵骚乱，一个小孩惊慌失措地飞奔，只套一条短裤，头上还顶了一方荷叶，越发像现代版的人猿泰山，他丢的一地的荷花荷叶，被身后紧追不舍的大人们踩得七零八落。最后他被擒获了没有？

第二天老师一定会在班会上重申：不可去摘塘里的荷花荷叶，因为水会从茎里倒灌，根就会烂掉。一塘荷其实是藕带相连，摘一片荷叶就是毁了一面塘——所以，看到新编电视剧里那些随随便便摘荷花的镜头，我会哂笑。很不幸，前几年有朋友告诉我，我小时候听过的这种说法是吓唬小孩的，根本没这回事儿。

唉，我无能知道真相了。

那些农业社会的慷慨与惜物之心，都离我们很远很远了，我其实也没有太多眷恋。我们选择了不同的生活，就得接受不同的规则，此刻的春光，是偷不得的。

水仙的笑声

　　水仙应该是男性。从前有个超级大帅哥,叫作纳西索斯,爱上水中的自己,越看越痴迷,终于赴水溺亡,化为水仙花。——你说,这故事很美吧。

　　你没听见故事里的笑声。天帝宙斯出外偷欢,吩咐小女神把天后赫拉引开。赫拉何等人物,只笑笑,"你喜欢与人说话?那你以后就永远说别人说过的话吧。"小女神变成了回声女神。她邂逅纳西索斯,芳心可可,纵有千言万语却都说不出来。小纳问:"你是谁?你干吗缠着我不放?你真讨厌……"她也只能频频学舌:"你是谁?你干吗缠着我不放?你真讨厌……"小纳烦不胜烦:"滚开。"她最后心碎地重复一遍:"滚开。"死了。复仇女神替她打抱不平,明明冤有头债有主,却把账算到无辜的小纳头上——你不爱她,你从此不能爱任何人,除了自己。纳西索斯死得这样曲折,并且至死都是个糊涂鬼。

　　什么叫命运的捉弄,这就是。

　　水仙若生在中国,也许会是女性,叫作冯小青。她幽居于西湖之畔,每每临水照影，与倒影自问自答。她把自己的画像高高挂起，焚香祷告，她是横上祭台的祭品，也是被祭祀的神灵。她死得再诗意不过，是相思病，而相思的对象是自己。——这故事，也很美。

你也没听见那声笑。她是妾，大妇不打她也不骂她，只问她："西方佛无量，乃世独礼大士，何耶？"小青曰："以慈悲故耳。"大妇笑曰："我亦慈悲若。"把她一个人囚居于孤山。从夫九年，未蒙一见，寂寞困得她发了狂，大妇兵不血刃，让时间慢慢地凌逼死她。而神话时代已经结束，她来不及化为花朵了。

斯时斯世，水仙可能是男，也可能是女。唐敏有篇散文《女孩子的花》，说她在冬天养育水仙花，把水仙花看作孩子的象征，开金盏，将生儿子，开百叶，是女儿。她想要儿子，想极了，却是女孩子的花开放了，她失望得无以形容。水仙花们便在梦中对她说："妈妈不爱我们，那就去死吧。"有一天停电了，她点了蜡烛在桌上，那支抽得最高的花茎倒在蜡烛上，和梦中的花一样，她们自尽了。两朵花各烧掉一半，剩下的一半还是那样水灵灵地开放着，在半朵花的地方有一条黑得发亮的黑线。

最后，唐敏说，她既不想要男孩也不想要女孩，更不做可怕的占卜了。但是她命中的女儿永远不会来临了。

——偶然地，在杂志上翻到这故事。嗯，非常美丽的故事，唐敏当然生了个儿子吧。

然后才捡到她的《走向和平》，原来她的小说犯下诽谤罪，她以有孕之身打官司，流产了，再也不能生——是这样，她命中的女儿永远不会来临了。

命运真可怕，虽然有时候，它美丽如水仙，笑容很无邪。而悲剧到底幼稚，最苦的表达是笑。

樱桃的诱惑

我对樱桃,知道得很少很少。

虽然它是这样一种烂熟的存在。旧小说里凡美貌女子,都是"柳叶眉,笔管腰,樱桃小口一点点"。从来没觉得这比例有什么不对。彼时觉得爸爸的钢笔管好粗,握不满,一写,就滑得一纸一身墨水。

还有电视剧,急不可耐的年轻人常会遇到白须老人,哈哈朗笑:"樱桃好吃树难栽呀,要练蛤蟆功/寿山拳/迷踪掌……必须假以时日……"

树难栽,所以我没见过樱桃,再平常也没有。它合该出现在塞尚笔下,微暗的厨房,瓷碟擦得雪白也覆了阴影,一碟红樱桃,另一碟是桃子,桌布不知为何揉得稀烂。西洋画里的动物——尤其是雌性高级动物,或许挑人性欲,但静物,即使忽然一切的静物都讲话了,也不撩人食欲。还是齐白石的樱桃小品好,淡墨沉红,三勾两抹,便是一盘完美无瑕的红樱桃,明快诱人,有人用"口水"二字形容。

明明樱桃好吃，我却向来不觉得它是可吃的东西。樱桃番茄是小番茄，而金庸笔下阿朱亲烹的樱桃火腿，想来也与樱桃无关，不过如荔枝肉或者翡翠虾仁，取其外形近似。樱桃之于我，是一种神话的存在。

北京春来，在摊子上看到红红的小果子，一问，原来就是樱桃。十多块钱一斤，好贵。再一想，春节期间，四季豆都五块一斤，就还是兴冲冲买了。

樱桃原来是这样的，透明沉红，如一颗一颗的宝石，非常无瑕；圆圆的身体，到顶上陷出一个笑窝儿，探出一长根碧绿的茎。我特意捧出一个雪白莲花斗，哗啦啦倾倒进去，顿时有画意。拈一个尝尝，有点酸，有点甜，牙齿一咯噔，是咬到了核，肉薄得这么骨感。再吃一个，蓦地生了无名的惆怅。

这个春天我吃了不知多少樱桃。樱桃总是一身大红袍，如画眉鸟在荫间，梦见谁在亲吻谁。我觉得自己像一只住在樱桃街的小松鼠呢。

渐渐地，樱桃也就下市了。朋友安慰我说，北京近郊有樱桃沟，待到来年樱桃熟，带我去玩。其实我也很想看樱桃花开的样子。我记得小津安二郎丧母之后，五十九岁的他曾在日记里写道："山谷中春天已至，樱桃花开如云……"

有位甜姐儿名叫白兰

武汉六月辣燥燥,沥青踩在脚下都是软的,人越发有腾云驾雾的晕眩。车出车入,停在红灯前面,忽然有人砰砰来敲我的窗,是卖花的中年妇人,一张脸晒得红涨,草帽是破的,手把的塑料篮子里,白兰花却用毛巾覆得密密实实的。

大街上好些卖花人,多半是老太太,惊险万状地与红灯片刻争路,应该是"深巷明日"的卖花声,却在城市之声里此起彼伏。同行的朋友都不理会,只有我大叫:"我要我要。"摇下车窗,热浪像海水灌进泰坦尼克一般涌入。随手拿两串,随口跟她五毛一块地讨价,忽然红灯转绿,随便扔了她一个硬币。将一串白兰挂在车前镜上,另外一串,他们扔给我,顿时满车厢香扑扑的无立足之地。

白兰并不白,玉黄色,像个亚裔佳人。胜在弱骨丰肌,又香得透足,是美女一径往人怀里偎,到底甜俗了些。据说二十世纪二三十年代,妓馆的红娘子们，多半会在枕边搁几朵白兰花。夜阑人静，绾了一天的发此刻纷披下来，宿昔不梳头，带着纤细的白兰花瓣，宛转郎膝上，脂粉香、体香、白兰香交缠袭人，春梦也格外艳吧。

寻常女子往往就把白兰别在纽扣上，是一抹胸前香。那天我穿了一件大V领T恤，就挂在领口上，铁丝串的两朵花，正好一朵在里一朵在外。是纷乱的一天，赶饭局赶得像乡俚说的赶杀场，频频起立举杯，收杯落座时，会触到柔糯的芳香。

回家已经很晚了，洗澡更衣，换下来的就扔在床边，两三天积了好大一堆衣服。终于清理一下，衣丛里掉下一小团铁红的东西，是那一小串白兰花，已经枯败。捏一捏，花瓣硬着，又打了无数的褶，像芝士布，却不像我以为的，触手即碎。凑到鼻头闻闻，微有朽意，却仍然甜香满怀，而明明已经死了。

我当作罕事跟妈妈说。妈妈正在电脑上玩蜘蛛牌，慢慢答："古人说，零落成泥碾作尘。"——只有香如故。所有的花，都有不朽的灵魂吗，哪怕是，这样甜姐儿似的白兰花？

以百合之名

乌云压城，天桥上卖花妇人的叫卖声支离破碎，我匆匆买下她最后的一束百合，雨就来了。我在雨衣里奋力骑车，而百合在我的车篓里，被雨打得不断偏斜，泛出幽幽的、热烈的香。大雨令市声安静，身边经过的骑车人，回头来看我、看花。

我认识的百合就是这样、脆弱、芳香、然而骄傲。钱锺书写过一本未竟即散佚的书，叫作《百合心》，书名多贴合我的百合观。但此百合不是彼百合，钱锺书说的是朝鲜蓟。在家乐福里见过朝鲜蓟，小拳头大的紫蓝花蕾，像松软的松果或者迷你版的卷心菜，照着菜谱煮而食之，觉得自己手里掣了朵蓝莲花，有仙人饮风食露的风情，一瓣一瓣剥食，到最后一无所有——法国俗谚里的百合心就是这样，空洞无物的心，反复无常的心，一颗解构主义的心。赞美是误读？

但我手里的百合是美丽的。回家后，我把水淋淋的它们插在瓶里、花朵站不住，一径乱倒成野草丛，是金剪无声云委地，而我手背上的香经久不去，像一种提醒。午夜出客厅来找一杯冰水，也被花香惊了一下，不自觉地念出："我是沙仑的玫瑰花，是谷中的百合花。我的佳偶在女子中，好像百合花在荆棘内。"巴尔扎克的一本《幽谷百合》显然典出于此，却有熟谙法文的朋友淡淡地说，百合有癔症的气质，书名直译就是"山谷里的精神病"。美好印象是译者的有心之误？

而我的百合，开始缓慢地凋零，虽然有一朵始终没有盛放。花瓣卷曲萎缩，花束软倒下去，如瘫痪待死。一种极强烈而隐约的朽败气味，我嗅到了。不由自主，想起《三个火枪手》的米莱狄。

她肩头烙过一朵百合花，红棕色，像敷过一层颜料后又褪了色。但这不是哀婉的梅花烙，是官刑，当时欧洲女犯的标志。她曾经是修女，爱上教士，私奔前夕两人双双被抓获。教士的刽子手兄长认为是她煽动自己弟弟走上犯罪道路，不经法律程序就在她肩上烙上一朵百合花。后来她遇到一位深爱她的伯爵，给她财产也给她姓氏，却偶然发现她肩上的烙印——没有问她是否遭人陷害，没有审判，没有陪审团，也没有原谅，伯爵是领主，在自己的土地上有生杀予夺的大权，他剥光妻子的衣服，将她双手反剪在身后，吊在树上等死。朝为田舍郎，暮登天子堂，是步步高的凡人喜剧；早晨还是尊贵的伯爵夫人，晚上就被丈夫处死⋯⋯而这一切，居然是以爱之名，以百合之名。

百合终于泛出烂肉的气味，我把它们扔了出去，想起莎士比亚说的，百合既腐，其臭尤甚于芜草。那最美好最深爱的，一旦堕为邪恶，是最可怕的。

授人栗子之手

　　北京入秋，冷得急转直下，一呼一吸都是冰凉的。下午四五点钟就天色昏沉，看什么都有一点儿吃力。正准备文艺腔地感伤一把，拐进一条小胡同，一炉新炒好的板栗正哗一声倒进箩里，正是老舍当年笔下，"良乡的肥大的栗子，裹着细沙与糖蜜在路旁唰啦唰啦地炒着，连锅下的柴烟也是香的"。《四世同堂》是他在重庆写的，战乱里，栗子那泼得一街的香是他的乡愁吧？

　　栗子什么时候实现了它的荣誉？当它被吃掉的时候。无数人回忆过童年的糖炒栗子，但我小时候百物皆贵，真没吃过。直到我上大学，有同学祖母八十岁大寿，想买一点孝敬祖母。板栗堆上插着价目牌：八元。他递出一张十块钱，人家却不找钱，把牌子向上一抽，原来"八元"两字下面还有一个"八"字，多称三两个，就十块钱了。那时我们一月的生活费才五十元。据说徐志摩喜欢去西湖翁家山访桂吃煮栗，有一年风雨飘摇，没看到桂花没吃到栗子，于是发牢骚《这年头活着不易》——我们吃不起的，还没哭天喊地呢。

栗子多少有点富贵闲人的味道。栗子面窝窝头属于西太后；桂花糖蒸新栗粉糕，是《红楼梦》里宝玉着人送给湘云的小食，还用缠丝玛瑙碟盛着。《汉书》说，燕秦人家有千树栗，家境便等同于千户侯。而穷人如骆驼祥子，上街买熟栗子，则一定是主家太太的使唤。他买回来在屋门外叫了声，她在屋中说："拿进来吧。"——她要的，原是他的身体。栗子不过是托物言志。

可真在富贵家当闲人，这栗子只怕更加食不下咽。杨绛的姑母杨荫榆，婚变后一直寄居她家。有一次，孩子们买了一大包烫手的糖炒栗子，都想留给母亲吃，剥到软而润的，就偷偷儿揣在衣袋里。大家不约而同地"打偏手"，一会儿把大包栗子吃完。杨荫榆精细，问："这么大一包呢，怎么一会儿就吃光了？"孩子们都呆着脸。等姑母回房，他们各掏出一把最好的栗子献给母亲吃。——一包栗子值得什么，也联手挤兑她。寄人篱下就这么难，虽然住的还是亲哥哥的家。杨荫榆有没有发出过白流苏的呼声呢："这屋子可住不得了……住不得了！"

所以郑板桥说："流自己汗，吃自己饭。"买得起，吃得到，每一颗栗子都是甘甜的。习惯在下班路上买一斤，纸口袋在手里热得恍恍惚惚的，急不可耐，边走边剥来吃。壳滚烫，张着嘴儿，热气一个劲儿喷，一边不断换手，一边剥壳，剥出润黄的肉来，往嘴里一丢，嗯，好香，舌根底下都是甜的。

到了家，栗子还剩半袋，犹有余温，随手剥一颗，给家中人："喏，你吃。"授人板栗之手，也染了栗黄。

本书配有智能阅读助手，为您1V1定制
《恋物者言》 阅读计划

帮助您实现"时间花得少，阅读体验好"的学习目的

▶ 建议配合二维码一起使用本书 ◀

您可根据自己的学习需求，量身定制专属于您的阅读计划：

阅读服务方案	学习时长指数	为您提供的资源类型	帮助您达到以下学习目的
1. 高效阅读	阅读频次 较低　每次时长 较短 总共耗费时长 ■■□	总结类	快速了解本书内容提要
2. 轻松阅读	阅读频次 较高　每次时长 适中 总共耗费时长 ■■■	基础类	享受时光，简单阅读完结本书
3. 深度阅读	阅读频次 较高　每次时长 较长 总共耗费时长 ■■■■	拓展类	阅读更多同类延伸作品

针对您选择的阅读计划，您可以享受以下权益：

立刻获得的主要权益
- 专享本书社群服务：提供创造价值与私密的深度共读服务，群内分享阅读干货，发起话题探讨
- 1套阅读工具：辅助您高效阅读本书，终身拥有

每周获得的主要权益
- 专属热点资讯：16周社科文学类资讯推送，每周2次
- 精选好书推荐：16周精选文学社科门好书推荐，每周1次

长期获得的主要权益
- 线下读书活动推荐：精选活动，扩充知识开拓视野 不少于1次
- 抢兑礼品：不少于2次限时抽奖 免费抽取实物大礼

微信扫码

只需三步，获取以上所有权益：
第一步：微信扫描二维码；
第二步：添加智能阅读助手；
第三步：获取本书权益，提高读书效率。